Annäherung an einen Zieleinlauf

GEROLD KAMSTIES

Annäherung an einen Zieleinlauf

Bibliografische Information der Deutschen Nationalbibliothek:
Die Deutsche Nationalbibliothek verzeichnet diese Publikation in der
Deutschen Nationalbibliografie; detaillierte bibliografische Daten sind im
Internet über dnb.dnb.de abrufbar.

© 2021 Gerold Kamsties
Satz, Umschlaggestaltung, Herstellung und Verlag: BoD – Books on Demand,
Norderstedt
ISBN: 978-3-7543-3537-6

Inhalt

Annäherung an einen Zieleinlauf

I

Kapitel 1

Zu Beginn der sechziger Jahre, an einem Freitagabend im Sommer, begab sich Ulrich K.mit Eisenbahn und Schiff auf eine Kurzreise nach Norden. Sein Ziel, dem er sich mit bangem Herzen in den Nachtstunden näherte, war Schweden, genauer, die Hafenstadt H. im Süden des Landes.

Den Auftrag zu dieser Reise hatte ihm die vollständig anwesende Familie erteilt, als er nach einem langen Arbeitstag gegen halb sechs im Elternhaus eingetroffen war.

Sein Bruder, hatte man ihn informiert, läge dort in Schweden hilflos in einem Krankenhaus; er werde künstlich beatmet und sein Zustand sei kritisch. Die Mutter habe dies vor zwei Stunden mit ihren unvollkommenen englischen Sprachkenntnissen den Aussagen eines Telefonanrufers entnommen.

Ulrich, so hatte man es dann ausgesprochen, sollte dort im Krankenhaus in der Stadt H. in Südschweden nach seinem Bruder sehen und ihm, wenn nötig, zur Seite springen.

Die Reise werde sicherlich nur kurz sein, zwei Tage gegebenenfalls; so hofften die bestimmenden Familienmitglieder. Sie dachten nämlich daran, dass die Arbeitskraft des Fünfundzwanzigjährigen am kommenden Montag auf seiner Hamburger Schiffswerft bei der Fertigstellung eines Tankers, der fast bereit zum Stapellauf auf dem Helgen lag, benötigt werden würde.

Nun begab es sich aber, dass Ulrich K. für die Reise noch einen zusätzlichen Tag in Anspruch nehmen musste, er also, wir greifen vor, erst am Dienstag auf der Werft wieder seiner Arbeit nachgehen konnte. Denn sein Bruder, er war gerade zwanzig Jahre alt geworden, er hatte sich als Seemann versucht, war in der Nacht zum Samstag, kurz vor Sonnenaufgang verstorben.

Eine Lebensmittelvergiftung, ein Unglücksfall!

9

»Ein Arbeitstag, der Montag, wird nötig sein, um alle anfallenden Dinge vor Ort zu erledigen«, plante Ulrich. »Frühestens am Dienstag werde ich wieder auf meiner Arbeitsstelle sein können.«

So hatte der pflichtbewusste Ulrich damals gefolgert, bevor er, ohne es verhindern zu können, in Tränen ausbrach.

Die nächsten Tage? Wie hat der Trauernde sie verbracht, den Samstag, den Sonntag? Wo hat er geschlafen?

Man hatte ihm im Krankenhaus hilfsbereit ein Bett in einem Patientenzimmer angeboten; auch die Krankenschwestern kümmerten sich verständnisvoll um den traurigen Angereisten; Englisch radebrechend versuchte man sich zu verständigen.

Schließlich wurde noch eine deutsche Lernschwester aufgetrieben, sie war etwa im gleichen Alter und attraktiv, die mit ihm an den beiden Wochenendtagen die Zeit verbrachte und sich mühte, seinen Kummer zu verdrängen. Das gelang ihr nur unvollkommen, denn ihrem trauernden Sorgenkind stand in ihrer Gegenwart der Sinn nicht nach tiefsinnigen Gesprächen über vorbestimmte oder zufällige Schicksalsschläge.

Aber nicht nur seine Schüchternheit stand ihrem schwerblütigen Landsmann im Wege, sondern auch sein Gewissen bedrängte ihn, passten seine Wünsche doch so überhaupt nicht zu dem Ereignis, dessen wegen er diese Reise angetreten hatte.

Irgendetwas, ähnlich der hier beschriebenen Situation, stand, wenn wir zurück blicken, seinem Glück oft im Wege; mit anderen Worten: die Rolle des Pechvogel war in vielen Fällen für ihn reserviert.

Kapitel 2

Schon damals, auf dem Gymnasium, war vieles schief gelaufen. Denn Ulrich wurde nicht in die Oberprima versetzt, weil er in mehreren Schulfächern schwächelte, sodass das Klassenkollegium ihm nicht zutraute, die Abiturprüfung im darauffolgenden Jahr erfolgreich zu überstehen

Es war nicht so, dass es an Unterstützung durch wohlmeinende Lehrer gefehlt hätte – gerne erinnerte Ulrich sich bei Schulzeiterzählungen an seinen Klassenlehrer Kühl, der aufmunternde Worte sprach und Julklappgeschenke mit motivierenden Texten versah, die mit »Lieber Ulrich« begannen und dem Versprechen, wohlgesinnt zu bleiben, endeten.

Auch die darauf folgende Wiederholung der Klassenstufe wurde für Ulrich, unseren Unglücksraben, zum Desaster. Die Mehrheit der Fachlehrer erlangte die Gewissheit – die meisten Lehrer bilden sich nach einer gewissen Zeit über einen Jugendlichen eine endgültige Meinung – dass der Wiederholer seine Gymnasiastenkarriere beenden sollte.

Also erlernte Ulrich den Beruf des Schiffbauers. Sein Vater, Angestellter einer Bank, die mit einem lokalen, eisenverarbeitenden Industriebetrieb zusammenarbeitete, hatte sich dafür eingesetzt, dass der gescheiterte Gymnasiast dort als Lehrling unterschlüpfen konnte.

Er begann dort seine Tätigkeit in der Lehrwerkstatt, die von der eigentlichen Werft getrennt in einem anderen Stadtteil lag.

Die Auszubildenden erhielten einen, gemessen an späteren Maßstäben, niedrigen monatlichen Ausbildungszuschuss und alle mussten, das wurde angedroht, eine längere Probezeit durchstehen. Während dieses Aufenthalts in der Lehrwerkstatt beschäftigte Ulrich sich ausschließlich damit, in enger Gemeinschaft weiterer Schiff- und Maschinenbauer mit einer

11

Feile Eisen zu bearbeiten. Er feilte am Schraubstock stehend von morgens bis abends, sodass im Laufe der Zeit die Innenflächen der Hände wund wurden.

Die bearbeiteten Gegenstände wurden penibel von einem Ausbilder überprüft; er kontrollierte bei den Quadern die Rechtwinklichkeit, die Gleichseitigkeit bei den aus Eisenblech angefertigten Dreiecken, die in gleich dimensionierte Öffnungen präzise eingepasst werden sollten, die Funktionalität bei hergestellten Nutzwerkzeugen, wie fixierbaren Zirkeln oder gebrauchsfähigen kleinen rechten Winkeln. Nicht alle Lehrlinge absolvierten die Probezeit erfolgreich, denn sie verzweifelten an den Genauigkeitsansprüchen der Ausbilder, sodass sie schließlich – einige waren erst fünfzehn Jahre alt – gänzlich den Dienst an der Feile verweigerten und nur noch die Zeit bis zum Feierabend verstreichen ließen.

Nach der Lehrwerkstatt, die Menge der Auszubildenden war ein wenig ausgedünnt worden, wurden die Feilenden, seien es Schiffbauer, Maschinenbauer oder andere, auseinander gerissen und in die verschiedenen Gewerke beordert. Den Schiffbauern boten die Verantwortlichen die folgenden Arbeitsplätze an: Anzeichnerei, Vormontage, Bordmontage, Ausrüstung, Reparatur.

In der Vormontage wurden angezeichneten Bleche zu größeren Bauteilen, wie Aufbauten, Bug, Heck zusammen gesetzt. Diese größeren Schiffsteile schweißten oder nieteten die dort Tätigen bei der Bordmontage zu dem auf der Helling liegenden schwimmfähigen Schiff zusammen. Nach dem Stapellauf vervollständigten Schiffbauer und andere Handwerker, wie Maschinenbauer, Elektriker, Tischler das am Kai liegende Schiff zum fertigen Neubau.

Diese angegeben Gewerke durchliefen die Schiffbaulehrlinge in unterschiedlicher Reihenfolge.

Unser Ulrich kam in der Ausrüstung zum ersten Mal mit

der Werft in Berührung. Er wurde einem älteren Gesellen zugeordnet, einem gestandenen, erfahrenen Schiffbauer, der bei seiner Tätigkeit stets im Kopf zu haben schien, dass er diesen körperbelastenden Beruf noch etwa zwanzig Jahre bis zur Rente würde ausüben müssen: Mit großer Entschiedenheit weigerte er sich, das bekam sein neuer Gehilfe bald mit, schwerere Gegenstände oder Bauteile – selten befanden sie sich dort, wo sie eingebaut werden sollten – zu tragen oder auch nur anzuheben, gewöhnungsbedürftig für den jugendfrischen Lehrling. Sehr häufig wurde dann der Kran in Anspruch genommen, den auch der Vorarbeiter, ein echtes Original, häufig nutzte, indem er sich mit einer Hand am Kranhaken hängend, über die gähnenden Abgründe des Laderaums transportieren lies.

Unübersehbar war Ulrichs Ausbildungsgesellen ein gewisser Klassenstolz zu eigen; er behandelte seinen neuen Gehilfen kollegial, freundlich und verständnisvoll, sodass jener im Kreise anderer Lehrlinge erwähnte, dass er es gut getroffen habe mit seinem ihm zugewiesenen Vorgesetzten.

In der »Ausrüstung« lernte Ulrich auch ein aussterbendes Handwerk kennen: Ein Nieterteam bestand aus drei Mitgliedern. Einer von ihnen arbeitete am Kohleofen, in dessen Glut er die Nieten zur Rotglut erwärmte, um sie dann dem zweiten Teammitglied zu zuwerfen. Dieser fing die rotglühende Niete mit einem eimerähnlichen, aus Leder gefertigten Behälter auf, steckte sie mit einer Zange in das vorgesehene Nietloch und übte mit einem schweren Hammer den Gegendruck aus auf die Niete, sobald der Dritte im Bunde das rotglühende Nietende mit einem Niethammer zum Nietkopf verformte. Das charakteristische Hämmern war im Hafen weithin zu hören, solange, bis diese Art der Verbindung zweier Eisenplatten vollständig durch das Schweißen ersetzt wurde.

Das Gewerk »Reparatur« lernte unser Held im Anschluss auf einer kleinen Flusswerft kennen; sie lag am selben Elbarm wie die Hauptwerft etliche Kilometer flussaufwärts im Südosten der großen Stadt.Auf dieser Werft wurden überwiegend Flussschiffe in Stand gesetzt. Bei der Überholung lagen die Schiffe mit ihrer Längsseite parallel zur Uferlinie auf mehreren schlittenförmigen Untersätzen am zum Wasser hin abschüssigen Ufer. Mit Hilfe dieser Schlitten, die auf Schienen ins Wasser hinein beweglich waren, hatte man sie aufs Trockene gezogen, um an und in ihnen arbeiten zu können.

Ulrich verbrachte drei Monate in diesem Gewerk. Die Zeit fiel in einen kalten Winter; in großen Metallfässern glimmten Kohlefeuer, an denen man sich in Abständen die trotz der Handschuhe kalten Hände wärmen konnte. Auf dieser kleinen übersichtlichen Werft wurde die Arbeitsdisziplin hoch gehalten: Sehr pünktlich wurde morgens um sieben Uhr mit der Arbeit begonnen und die Frühstücks-und Mittagspausen wurden penibel beendet.

Trotz dieser zunächst etwas abschreckenden Umstände – man fühlte sich im Vergleich zum Arbeitsklima auf der Hauptwerft wesentlich stärker kontrolliert – die Zeit dort an der Oberelbe verging schnell, angenehme Monate waren es nicht nur im Rückblick.

Das neue Jahr brach an, bald würde ein Arbeitsplatzwechsel folgen; wir sehen unseren Ulrich, er steht im Eisenlager der kleinen Werft am Ufer des eindrucksvollen Flusses und bestaunt die zwischen den gelagerten verschiedenartigsten Eisenblechen hervor sprießenden Frühlingsblumen.

Selbst hier hatte der Frühling Einzug gehalten und die frisch gewachsenen Grashalme hatten die Farbe des wintergelben, zertretenen Rasen in ein augenfreundliches Grün verwandelt.

Gerne erinnert man sich an solche Begebenheiten: Fast regelmäßig, sofern Ulrich sich später den Verlauf seiner Lehrzeit in den weit zurückliegenden Jahren ins Gedächtnis zurückrief, tauchte aus den vielen Bildern jener Aufenthalt im Eisenlager der Werft an diesem Frühlingsnachmittag auf.

Er sah sich – er stand in Arbeitskleidung am Elbufer, unter freiem Himmel, ein frischer Wind wehte – und fast immer, zusammen mit diesem Bild, sah er auch die frischen Frühlingsblumen am Boden zwischen den aufgeschichteten Flach-und Winkeleisen.

Ein paradiesischer Anblick? Unangemessener Überschwang bei der Ortsbeschreibung?

Aber ausgerechnet diese schlecht ausgestattete, überschaubare kleine Werft, langgestreckt am Elbufer gelegen, am Rande der Welt gewissermaßen, ein Arbeitsplatz mit strengen Regeln, hatte damals in dem empfindsamen Lehrling ein Gefühl erzeugt, das man mit dem Begriff Geborgenheit bezeichnen könnte.

Kapitel 3

Ulrich legte die Zeitschrift, in der er gelesen hatte, beiseite und überdachte das Gelesene. Was hatte er gelesen? »Schon seit dem ersten Bucherfolg von Thilo Sarrazin war klar, dass die Sorge der nationalen und persönlichen Deklassierung eine bestimmte bürgerliche durchaus akademisch gebildete Gruppe umtreibt …« Eine zweifellos kluge Aussage eines zweifellos klugen Autors.

Obwohl die Voraussetzungen auf ihn nicht zutrafen, er war Arbeiter, gelernter Schiffbauer, Rentner, keiner Gruppe zugehörig, störte ihn die apodiktische Art und Weise, mit welcher der Verfasser des gelesenen Artikels, ihm, dem Leser, seine Ansicht als die richtige Ansicht der Dinge vorsetzte.

Sollte man widersprechen – aber was erreicht man schon?

Mit Erschrecken wurde Ulrich bewusst, dass er früher, als er noch mit mehr Herzblut am Leben, dem öffentlichen, teilnahm, ihn solch eine Zeitungslektüre veranlasst hätte, voller Empörung Leserbriefe abzufassen. Solche Schreibübungen befriedigten ihn, obwohl diese Briefe von ihm häufig nicht abgeschickt wurden, er sie vielmehr nur in einer Mappe abheftete. Jetzt hingegen nahm er solche Texte nur noch zur Kenntnis und empörte sich allenfalls im Bekanntenkreis, wobei der Gebrauch des Begriffes »Empörung« zur Beschreibung seines Zustandes im Vergleich zu früheren Reaktionen eigentlich nicht angemessen war.

Denn in den letzten Monaten war die ausgedehnte Zukunft, die er meinte für seine Lebensplanung zu benötigen, wodurch auch immer, gefühlt zu einem erschreckend kleinen Zeitintervall zusammen geschrumpft; dies hatte zur Folge, dass er wegen der fehlenden Perspektive viele Dinge, aktuelle Ereignisse, gleichgültig nur noch »zur Kenntnis« nahm.

Sein Denken kreiste um jene zurückliegenden Gegebenheiten, die man im Nachhinein als Wendepunkte ansehen konnte, Momente, in denen sich sein Leben in eine ganz andere Richtung hätte wenden können. Solche Augenblicke gab es viele auf seiner Lebensachse. Was wäre geschehen, wenn er zu dem einen oder anderen Zeitpunkt einen ganz anderen Weg eingeschlagen hätte?

Wie war das damals? Neun Jahre war er alt seinerzeit; zwei katholische Nonnen hatten in einem kleinen Dorf Oberbayerns das schulische Fundament gelegt. Zwei Nonnen, die sich nicht nur körperlich unterschieden. Die eine war sanft im Umgang mit den Schülern, die andere, dickere, hatte eher gegensätzliche Eigenarten. Oft übellaunig, griff sie gerne zum Stock, um mit dessen Hilfe den männlichen Schülern Zucht, Ordnung und Fleiß beizubringen.

Ulrich litt mit ihr, wenn er beobachtete, dass sie bei großer Sommerhitze mit den Fingern der rechten Hand in ihrem Gesicht zwischen Wange und eng anliegender weißer Haube entlang strich, er litt mit seinem Freund, wenn sie ihn mit einem Lineal, zwischen Unter-und Oberkiefer gepresst, zwang, den Mund zu öffnen, um lauter und verständlicher zu reden.

In dieser dörflichen Zwergschule, mindestens zwei Altersstufen saßen in einem Klassenraum, man schrieb auf zerbrechlichen Schiefertafeln, wurde unser sensibler Protagonist auf die Prüfung für den Übergang zum Gymnasium in der nächsten Kleinstadt vorbereitet.

Eine der beiden Ordensschwestern, es war die schlagkräftige, beschrieb auf väterliche Nachfrage den angehenden Prüfling mit »begabt, jedoch sehr phlegmatisch« und eigentlich, in ihren Augen, zu jung an Jahren. Insgesamt hätte der fragende Erzieher aus ihren Worten wohl eher Skepsis als Zustimmung heraushören können.

Kurz und gut, der kleine Ulrich, verwirrt durch die Umstände, die Anfahrt mit der Eisenbahn, die im Vergleich zum

Dorfleben städtische Umgebung, auch die Prüfungssituation, bestand die Prüfung erst im darauffolgenden Jahr.

Ein glückliches Halbjahr auf dem Gymnasium der Kleinstadt folgte.

Er war Fahrschüler zusammen mit vielen anderen Jugendlichen; er erreichte seine Schule nach einer Radfahrt zum Bahnhof, einer längeren Zugfahrt und einen Marsch vom Bahnhof in die Altstadt seines Zielortes.

Wäre er nur dort in Süddeutschland geblieben! Vielleicht wäre der Misserfolg bei der ersten Aufnahmeprüfung der einzige Fehlschlag geblieben.

Jahre später, nach schulischen Niederlagen, nach absolvierter Lehrzeit, nach unterschiedlichen Tätigkeiten zum Gelderwerb, machte Ulrich den Versuch, das einst Versäumte nachzuholen. Er bereitete sich zum Erwerb der Hochschulreife knappe zwei Jahre an einer privaten bezahlten Lehranstalt vor. Er tat dies nicht gewissenhaft, wie so gerne in solchen Fällen formuliert wird, sondern eher nachlässig und an manchen Tagen, vielleicht hervorgerufen durch die nebenher laufende anstrengende Berufstätigkeit, offensichtlich manchmal nur sehr oberflächlich. Trotz dieser misslichen Voraussetzungen riskierte er mutig den Schritt in die Prüfung.

Herr Ulrich S. wurde durch Verfügung … vom 23. Januar 19 … des Niedersächsischen Landesverwaltungsamtes – Höhere Schulen – Hannover zur Prüfung als Schulfremder zugelassen und dem unterzeichneten Prüfungsausschuss zur Prüfung nach dem Lehrplan eines mathematisch – naturwissenschaflichen Gymnasium überwiesen.

So lautete der Text, der ihm nach der Prüfung ausgehändigt wurde; zusätzlich wurden die Prüfungsergebnisse in den acht Prüfungsfächern angegeben. Einige waren nicht ausreichend.

Ulrich S. hat die Reifeprüfung nicht bestanden; so lautete die für ihn wichtige Schlussbemerkung.

Mittlerweile kennen wir unseren Helden und wir vermuten richtig; er wiederholt die Prüfung.

Im zweiten Anlauf, im nächsten Jahr, war der Versuch erfolgreich und unser Held gehörte zu der siegreichen Hälfte aller angetretenen Prüflinge.

Warum absolvierte Ulrich das für ihn so wichtige Examen fern der Heimat in Niedersachsen, wird sich mancher Leser fragen.

Einige der zur Prüfung entschlossenen Mitstreiter hatten sich umgehört und hatten erfahren – es sei mehr als ein Gerücht – dass die Prüfer der seine Heimatstadt umgebenden Bundesländer gnädiger mit den Prüflingen verfahren würden. Und weiter: Niedersachsen wiederum, sei der Stadt Lübeck, auch ein möglicher Prüfungsort, vorzuziehen. Auf diese Weise kam die Kleinstadt Buxtehude, mit der Bahn gut zu erreichen, bei der Mehrheit der Kandidaten ins Spiel. Dieser Mehrheit hatte auch Ulrich sich angeschlossen.

Das Weitere verlief dann bei allen Beteiligten ähnlich: Abmeldung in der Heimatstadt, und Anmeldung in Niedersachsen, unter einer Adresse, die ein Freund zur Verfügung stellte.

Zur schriftlichen Prüfung reiste man an, quartierte sich in einem Hotel ein, zur mündlichen Prüfung, einige Wochen später, wiederholte sich dieser Vorgang. Erstaunlicherweise, dies am Rande, war, ähnlich wie beim ersten Versuch, ziemlich genau eine Hälfte der Prüflinge über die aufgebauten Hürden hinweg gesprungen.

Der Held unserer Geschichte wollte sich nun auf der Universität intensiver mit Mathematik beschäftigen, denn er meinte, er hatte Differential-und Integralrechnung kennengelernt und auch das Angebotene meistens durchschaut, dass seine Begabung ausreiche, um erfolgreich zu bestehen.

In einem Alter, in dem Karl Friedrich Gauß bereits promovierte, in seiner Dissertation darüber nachdachte, wie man die reelle Zahlengerade zu einer Ebene umändern könnte, um auch die imaginären Zahlen unterzubringen, in diesem Alter begann Ulrich mutig sein Studium, die übergroßen Fußstapfen solcher Art Helden beständig vor Augen. Mathematik und Physik waren die Fächer, mit denen er sich beschäftigte; das Berufsziel – Lehramt oder Mathematikdiplom hatte er ins Auge gefasst – würde sich sicherlich ergeben, glaubte er.

Nicht nur die Fußstapfen waren recht groß, zu groß; auch die Schrittweite überforderten unseren Helden. Mit großem Tempo wurde in der Anfängervorlesung die Analysis durcheilt, auch in der Anfängervorlesung der Analytischen Geometrie ging es hurtig voran. Die regelmäßig zu lösenden Übungsaufgaben wurden schwieriger und schließlich schier unlösbar für Ulrich, unseren naiven, schlecht vorgebildeten Studenten.

Erkennbar fehlte es ihm für diese Anforderungen an Kampfgeist, an Ausdauer, aber auch an Routine, die man nur durch fleißiges Üben mit dem Schreibstift in der Hand erwirbt. Kurz, diese Fähigkeiten und nützliche andere gingen ihm ab, sodass er in dem Fach Mathematik, ähnlich den vielen Jugendlichen an den Schulen, wegen Erfolglosigkeit resignierte.

So kam es, dass Ulrich nach einigen Semestern, die mit vielen Misserfolgen und Niederlagen angefüllt waren, die Mathematik zunehmend links liegen ließ, um sich notgedrungen mehr dem Gelderwerb zu widmen. Denn seine Mutter, in deren Wohnung er noch weiterhin seine Füße unter den Tisch stellte, verlangte von ihm, das Geld war knapp, einen Beitrag zu seinem Lebensunterhalt.

Mit dem tröstlichen Gedanken im Hinterkopf – das Studium könne er, ernsthafter, jederzeit wieder aufnehmen – verdiente Ulrich seinen Lebensunterhalt zunächst mit kleinen kaum erwähnenswerten Nebenjobs: Er arbeitete u.a. in einer Tischlerei, bis er der Personaleinsparung seines Chefs zum Opfer fiel, er fuhr einen Lieferwagen, bis er das Fahrzeug bei einem kleinen

Verkehrsunfall beschädigte, er befeuerte den Winter über in den frühen Morgenstunden, von sechs bis vierzehn Uhr, die Kohleöfen zweier Grundschulen, bis die Frühlingstemperaturen anstiegen und die Heizung schließlich abgestellt wurde, er war Kulissenschieber am Operettenhaus, bis das Stück, ›My Fair Lady‹, vom Spielplan entfernt und durch ein neues ersetzt wurde.

Kapitel 4

Schließlich, der Leser ahnt es, heftiges Zureden seiner Mutter taten ein Übriges, landete Ulrich wieder in dem Beruf, den er erlernt hatte: Er verdiente fortan sein Geld auf der Werft, auf der er auch drei Jahre während seiner Lehrzeit ausgebildet worden war.

Seine Entlohnung war aus späterer Sicht recht bescheiden: Sein Stundenlohn betrug mit Akkord weniger als drei Mark, er arbeitete 42 Stunden in der Woche und sein Wochenlohn betrug etwa neunzig Mark.

Seine regelmäßige Berufstätigkeit versetzte ihn in die Lage, sich einen großen Wunsch zu erfüllen: Er mietete sich zum großen Kummer seiner Mutter eine eigene Wohnung. Das war für den jungen Ulrich fürwahr keine leichte Entscheidung.

Beide, der Sohn und seine Mutter, litten sehr unter dieser räumlichen Trennung. Er, weil sie ihm leid tat, sie, weil sie plötzlich ihr Alter bemerkte und in Momenten des Alleinseins erkannte, dass die Kinder, die sie groß gezogen hatte, ihre Mutter nicht mehr benötigten. »Nun hat mich auch mein letztes Kind verlassen«, klagte sie oft. Denn auch die Älteste, die Tochter, hatte bereits vor dem Unglücksfall des jüngeren Bruders zunächst das Elternhaus verlassen und einige Zeit später der Heimatstadt den Rücken gekehrt.

Ulrichs Wohnung war klein, sie lag im vierten Stockwerk eines Mehrfamilienhauses, die Miete war erschwinglich. Das Haus in einer kleinen Seitenstraße war Teil eines Häuserblocks mit ähnlich aussehenden Haustüren, sodass mancher Bewohner im Gespräch beichtete, sich anfänglich stets zusätzlich mit Hilfe der Hausnummer vergewissert zu haben, dass er tatsächlich vor seinem Heimathafen angelangt sei.

Nun zurück zu seiner Werfttätigkeit. Er arbeitete, wie bereits oben erwähnt, in der Bordmontage. In diesem Gewerk wird das Schiff nach der Kiellegung auf der Helling zu einem stapellaufbereiten und schwimmfähigen Schiff zusammengebaut. Ein Junggeselle, ein Neugeselle, gerade erst aus gelernt, von heute auf morgen gezwungen selbstständig, eigenverantwortlich zu arbeiten, muss sich das Vertrauen seiner Vorgesetzten, Meister, Vorarbeiter, zunächst erarbeiten. Folglich bekommt er anfänglich Arbeitsaufträge der einfacheren Art zugeteilt, die viel körperlichen Einsatz verlangen und nur mühsam in der vorgegebenen Zeit zu bewältigen sind.

Ein Geselle, so war es auch hier, hat einen Helfer an seiner Seite, der häufig älter, Familienvater bereits, darauf drängt, die vorgegebene Arbeitszeit zu unterbieten, um die Leistungszulage, Akkord, zu erhalten.

Folgende Situation ist denkbar: Ein schweres, von Hand kaum zu bewegendes Bauteil wird vom Kran durch die Ladeluke auf dem Schiffsboden abgelegt. Das schwere Eisenblech, Riegelblech genannt, es verbindet die Längsversteifung der Schiffsaußenhaut durch das Schott hindurch, soll in der hintersten Ecke des Laderaums eingebaut werden. Wegen der Schwere des Bauteils benötigt der Schiffbauer einen Zughub, eine Art Flaschenzug, um das Blech an die Baustelle zu schaffen. Er geht zur Ausgabe des Gerätemagazins und erfährt, dass sämtliche Hilfsmittel dieser Art ausgeliehen sind. Mit Hilfe der abgegebenen Personenmarken kann der freundliche Mitarbeiter im Magazin einen derzeitigen Benutzer eines Flaschenzuges ermitteln. »Kollege«, spricht er, »der Müller bei euch in der Bordmontage hat einen Zughub vor fünf Wochen ausgeliehen. Frag ihn mal, ob er ihn zur Zeit entbehren kann.«

Man geht zurück auf die Baustelle, auf das auf dem Helgen ruhende Schiff, sucht und findet den Kollegen Müller; er arbeitet im hintersten Winkel des halbfertigen Schiffsrumpfes. Der Zughub befindet sich in seiner Kiste. Gnädig überlässt er dem bittenden Kollegen den Schlüssel für das Schloss an seiner Materialkiste, die außerhalb des Schiffes zum Schutz gegen Regen unter dem Schiffsboden steht.

»Den Schlüssel bringst du mir aber gleich wieder«, fügt er noch an. Durch solcherart Lauferei sind gut und gerne fast zwei Stunden verstrichen, denn das Innere des Schiffes kann man nur oben durch die Öffnungen im Deck verlassen. Und im Hintergrund nörgelt der ältere Helfer, der Familienvater, der seinen Akkord, 25-30 % sollten es schon sein, zusammen schrumpfen sieht.

Bereits nach acht Wochen verließ Ulrich die Bordmontage, das Gewerk für harte Männer, um im Zeichenbüro anzuheuern.

Hier im Zeichenbüro, an großflächigen Tischen, wurden die Schiffe, sofern es Neubauten waren, mitsamt ihrer Einzelbauteile konstruiert und im verkleinertem Maßstab auf lichtdurchlässige Folien gezeichnet. In der optischen Anzeichnerei, eine Abteilung weiter, tauchten dann mit Hilfe optischer Geräte und Projektion die Realabmessungen auf den anzuzeichnenden Eisen platten wieder auf.

Der Aufenthalt im Zeichenbüro, in geheizten Räumen im Winter, in freundlicher Umgebung, am Zeichentisch sitzend mit großer Geduld und Genauigkeit zeichnen, das war Ulrichs Welt. Angetan mit weißem Kittel, die Hände sauber, allenfalls ein wenig mit Tinte bekleckst, fühlten sich die Zeichner durchaus wie schöpferische Architekten. Denn auch ihre Tätigkeiten seien, meinten sie, erkennbar ein Gemenge aus künstlerischem und technisch-naturwissenschaftlichen Teilen und könne von den übrigen Mitarbeitern keineswegs angemessen beurteilt werden.

Aber auch diese schöne Zeit endete vorschnell. Im Zuge von Personalabbau und Rationalisierung war Ulrich, er sei ja noch jung an Jahren, einer derjenigen, auf die der Betrieb im Zeichenbüro meinte verzichten zu können. Ein Zurück auf die Werft auf der linke Elbseite, zurück in die raue Bordmontage gegebenenfalls? Ulrich, unser Schiffbauer, akzeptierte ohne Groll, ohne mit dem Schicksal zu hadern, die Entscheidungen seines Arbeitgebers; neugierig auf die Zukunft, legte er Zeichengerät, aber auch Schweißgerät, Brenner und Vorschlaghammer aus der Hand, um sich neuen Herausforderungen zuzuwenden.

Kapitel 5

Auch in der achten Auflage des Lehrbuches »Technik der Experimentalchemie«, eine Handreichung insbesondere für Lehrer an höheren Schulen, verfasst von Arendt – Dörmer, findet sich der Satz:

»Die alte Forderung, an den größeren höheren Schulen mit ausgedehntem naturwissenschaftlichen Unterricht einen Laboratoriumsgehilfen einzustellen, wird ausdrücklich wiederholt.« Des Weiteren erfährt der Leser die Begründung, dass nämlich die Lehrer an den höheren Schulen nicht etwa zu gut seien für Reinigungsarbeiten u.ä., sondern dass deren kostbare Zeit an anderer Stelle sinnvoller genutzt werden könne.

Früher, als noch kaum jemand auf die besondere Förderungswürdigkeit von Naturwissenschaften und Mathematik hingewiesen hatte, noch nicht von Digitalisierung die Rede war, da erfüllten viele Bundesländer diese Forderung.

Nach seinen wechselhaften Tätigkeiten auf der Werft ergriff Ulrich dankbar die ausgestreckte Hand seiner Heimatstadt. Der Schuldienst in der oben erwähnten Form des Laboratoriumsgehilfen wurde nun sein neues Betätigungsfeld. Er erfüllte die Anforderungen, die an den Beruf des Laboranten, so die Kurzform, von der zuständigen Behörde gestellt wurden: Er hatte einen handwerklichen Beruf erlernt und er war nicht vorbestraft. Zusätzlich war seine Vergangenheit als pflichtbewusster Heizer zweier Grundschulen während eines langen Winters vor einigen Jahren in seiner Studienpause für seine Einstellung förderlich.

Er wurde einem neugegründeten Gymnasium zugeteilt, das gerade erst die Phase des Aufbaus hinter sich gelassen hatte und nun in einem neuen Gebäude, in neuen Fachräumen, den Schulalltag zu meistern versuchte. Er arbeitete eng mit dem

Physikfachvertreter, der sein direkter Vorgesetzter war, zusammen; die Meinung des Laboranten wurde eingeholt bei der Aufteilung der Fach-und Unterrichtsräume, auch bei teuren Neuanschaffungen für den experimentellen Physikunterricht wurde er selten übergangen und oftmals, so war sein Eindruck, um Rat gefragt.

Hatte der Schulleiter etwas von seiner Vorgeschichte erzählt? Er jedenfalls, so dachte Ulrich so manches mal, hatte es gut getroffen, und Zukunftsbeschreibungen, die er bei seiner häuslichen Lektüre meinte gelesen zu haben, passten vorzüglich: Die Jahre hier an dieser Schule werden auf angenehme Weise vergehen, sie werden allesamt ähnlich verlaufen, sie werden still und geräuschlos daherkommen und vorüberziehen; ich kann alles mit Gleichmut erwarten.

Was hatte er ansonsten als Laborant zu tun? Kurz und knapp: Ein Laborant ist Mädchen für alles. Er soll speziell den Lehrern mit den naturwissenschaftlichen Fächern, also den Physik- Chemie-Biologielehrern zur Hand gehen und kleinere Handwerkerarbeiten erledigen; die Behörde hatte festgelegt, dass er den Großteil seiner Arbeitszeit der Physik zukommen lassen sollte.

Wie stets an seinen bisherigen Arbeitsplätzen war Ulrich auch in seinem neuen Beschäftigungsfeld ein geschätzter Kollege. Obwohl manche Lehrer, speziell jene, die geisteswissenschaftliche Fächer unterrichten, dazu neigen, ihren Vorsprung an Bildung, manchmal lediglich Ausbildung, gegenüber den weniger Gebildeten zu betonen, war unser Ulrich als neuer Mitarbeiter an der Schule ohne Vorbehalt eingegliedert worden. Ganz besonders die Naturwissenschaftler, mit denen ein Laborant nach Arbeitsplatzbeschreibung überwiegend zu tun hat, schätzten seine freundliche nimmermüde Hilfsbereitschaft und auch sein pädagogisches Einfühlungsvermögen.

All dies mag damit zusammen gehangen haben, dass ein Teil

seines Werdegangs, auch seine unterbrochene Karriere als Student der Mathematik, in dem anfänglich noch überschaubaren Kollegenkreis in Bruchstücken, wie auch immer, vielleicht doch bekannt geworden war.

Er selbst, das können wir bestätigen, hatte zu dieser Wissensvermittlung nicht beigetragen, hatte vielmehr neugierige Fragen nach seinem Werdegang stets so knapp wie möglich beantwortet.

Ulrich arbeitete auf sehr angenehme Art speziell mit seinem Physikfachvertreter zusammen. Sein Rat war gefragt, sein handwerkliches Geschick wurde häufig in Anspruch genommen. Mit Gründlichkeit baute er Demonstrationsversuche auf, vorausschauend stellte er die benötigten Geräte für Schülerversuche zusammen. Er studierte sorgfältig die Gebrauchsanweisungen der neu erworbenen Geräte, ja, er ging sogar soweit dass er in einigen Fällen deren Gebrauch, sei es aus Interesse, sei es aus Pflichtbewusstsein, sogar in seiner Freizeit ausprobierte.

Ulrichs Einsatz für die Sache, die Physiksammlung, die Räume, die Geräte, war bewundernswert; der Sammlungsleiter rühmte ihn einmal im Gespräch sogar als idealen Laboranten, was den energischen Widerspruch eines Fachkollegen herausforderte, wohl auch deshalb, weil der neue Mitarbeiter ihn einmal, unangemessen, respektlos, meinte jener, ermahnt hatte, ein teures Messgerät vorsichtiger zu behandeln.

Aber auch in weiten Teilen des übrigen Kollegiums, das beständig anwuchs, je weiter sich das Gymnasium im Aufbau zu einer vollständigen Schule entwickelte, wurde der Neue ungewöhnlich wertgeschätzt.

So war es auch bei jener zum Schuljahreswechsel neu eingestellten Kollegin: Philine hieß sie und sie unterrichtete die bei weiblichen Gymnasiallehrern recht beliebten Fächerkombination Deutsch und Geschichte. Ulrich und Philine – an dieser Schule war es nach wie vor im Kollegium weit verbreitet,

28

einander mit dem Vornamen anzusprechen, ein Überbleibsel aus der Zeit, als das Kollegium noch klein und überschaubar war – waren sich näher gekommen, als er der Lehrerin bei einem Klassenfest ihrer achten Klasse zur Hand gegangen war. Er hatte bei der Installation der Musikanlage geholfen und sich bei netten begleitenden Gesprächen ein wenig hervortun können, als er ihren Vornamen bei Goethes »Wilhelm Meister« unterbringen konnte.

Philine war eine sehr nette, herzliche Frau und Gesprächspartnerin; sie und Ulrich verstanden sich auf Anhieb. Ja, auf die ganze Person schien die Beschreibung – nett, herzlich – wunderbar zu passen: Sie hatte ein angenehm geformtes, schmales Gesicht, war dem Laboranten gegenüber sehr aufgeschlossen und sehr sehr höflich; figürlich allerdings musste man sie bei den Vollschlanken einordnen; strenger Wertende würden auch das volkstümliche Adjektiv »pummelig« in den Mund nehmen.

Natürlich, fast eine Selbstverständlichkeit bei dieser Art Körperlichkeit: Philine war eine leidenschaftliche Genussraucherin.

Aber dies alles und vieles mehr bemerkte der brave Ulrich erst später, im Laufe der Zeit. Denn die beiden kamen sich nicht nur näher, Auslöser dieser Annäherung war ja das Klassenfest gewesen, sondern jenes Fest war auch der Beginn einer innigen Freundschaft.

Das Schulkollegium konnte beobachten, dass Philine und Ulrich, wenn nicht berufliche Pflichten dies verhinderte, von diesem Zeitpunkt an unzertrennlich waren. Im Lehrerzimmer, an manchem Tisch, da wurde ein wenig getuschelt – man ist ja tolerant und auch verständnisvoll – auch mal gespottet; man sah, dass die Kollegin, sie hatte die Vierzig bereits überschritten, sich rührend um den ein paar Jahre Jüngeren kümmerte und ihn beinahe mütterlich umsorgte. Sie hatte sehr schnell das, was an der Schule über diesen Laboranten bekannt war, bei den Kollegen erfragt, aber auch von Ulrich, nicht immer ungern, die eine oder andere Episode aus seinem Leben erfahren. Sie war darob, mit ein wenig Übertreibung konnte man das sagen, wie elektrisiert.

Philine war alleinstehend; nun schien sie ihre Aufgabe, mit deren Erledigung sie ihre Freizeit auffüllen konnte, gefunden zu haben. Die Aufgabe, die sich ihr stellte war, die bei Ulrich zweifellos vorhandenen Talente – diese Formulierung hatte sie im Gespräch mit einer Kollegin gebraucht – frei zu schaufeln und schließlich zu entwickeln.

Und Ulrich? Es gefiel ihm, so umsorgt zu werden, auch ihre Herzlichkeit ließ ihn nicht unberührt. Er liebte ihre, wir benutzen das anschauliche Eigenschaftswort, »pummelige« Mütterlichkeit; wenn er sie bei der Begrüßung umarmte, weit verbreitet ist diese Zeremonie unter Schullehrern, war er jedes mal wieder von der Weichheit ihres Rückens, ja ihres ganzen Körpers angenehm überrascht. Gutmütig, eine Eigenschaft, die manchen antriebsarmen Menschen auszeichnet, hörte er sich ihre Einflüsterungen an und wehrte sich auch nicht gegen ihre Versuche, dieser Eigenschaft entgegen zu wirken. Er sollte sein Studium wieder aufnehmen, meinte sie, er sollte das höhere Lehramt anstreben, denn das Fach Mathematik, unabhängig davon welches zweite Fach gewählt würde, sei nach wie vor am Gymnasium sehr nachgefragt.

Der solcherart Umworbene überwand sich und an einem arbeitsfreien Nachmittag erfuhr er in einer Beratungsstelle im Amt für Schule, dass er trotz seiner Vorbildung, trotz des Lehrermangels in seinem angestrebten Fach, um eine Examensarbeit und dann, sofern diese Hürde überwunden sei, um das eineinhalbjährige Referendariat nicht herumkomme.

Sollte er seinen interessanten, wichtigen Beruf, seine anerkannte Stellung im Kollegenkreis, seine gemütliche Laborantenstelle für diese unsicheren Zukunftsträume aufgeben?

In langen, hitzigen Diskussionen mit seiner Mentorin wurde

diese Frage erörtert. Auf was hatte er sich eingelassen? Über Goethe zu reden, über Thomas Mann, Kafka, Musil, wie sie hießen – zu Gesprächen solcher Art war er gerne bereit, hier konnte er mithalten, wenn er sich bemühte. Aber sein Leben gänzlich umzukrempeln, mit diesen vielen Veränderungen als Folge, dazu wollte er sich nicht hergeben.

Mehrfach wurden die Gespräche über dieses Thema abgebrochen und auch wieder aufgenommen; Philine, Bildungsbürger durch und durch, hatte es sich in den Kopf gesetzt, nicht nur eine Seele zu retten, sondern, zum Nutzen der Gemeinschaft, vermeintliches geistiges Potential nicht leichtfertig verloren gehen zu lassen.

Nun war das Verhältnis der beiden mittlerweile so vertraut geworden, dass Ulrich tatsächlich den Mut aufbrachte einzugestehen, dass er mit seiner beruflichen Existenz zufrieden sei, dass er sich nicht zutraue, den nötigen Kampfgeist aufzubringen, um diesen vorgenommenen beruflichen Wechsel durchzuhalten. Er erwähnte als Begründung seine häufigen Misserfolge und Rückschläge, wodurch Philine sich nun in ihrer Meinung bestärkt sah, dass nämlich die Gesellschaft, das System mit seinen Anforderungen, sich an sensiblen Menschen, und Ulrich sei ein lebendes Beispiel, in vielen Fällen versündigt habe, sodass jene komplett resignierten und ihnen ihr Kampfgeist – sie hatte diesen Begriff von Ulrich im Eifer in ihren Wortschatz übernommen – durch diese Umstände verloren ging.

Philine war von ihrer Aufgabe, Rettung geistigen Potentials, derart in Anspruch genommen, dass sie sogar einer Deutschfachkollegin gegenüber nicht mehr an sich halten konnte und in einer großen Pause bei der gemeinsamen Aufsicht auf dem Schulhof von ihren Rettungsversuchen und ihren gedanklichen Vorhaltungen an die Gesellschaft erzählte. Sie tat es mit Nachdruck, sodass die Kollegin ihr in einigen Punkten zustimmte, aber auch aussprach, dass jedermann seines eigenen

Glückes Schmied sei. Sie ahnte sicher nicht, wie sehr diese Bemerkung auch auf Philine selbst zutraf: Jene hatte nämlich für die verbale Auseinandersetzung mit Ulrich ihre Wohnung zur Verfügung gestellt; vor dem gut gefüllten Bücherbord mit den Klassikern, mit umfangreicher Sekundärliteratur, hatte das Gespräch mit einer innigen Umarmung geendet, war dann in einer heißen Liebesnacht fortgesetzt worden und zu einem Höhepunkt gelangt. Als Ergebnis hatte sich aus diesem Ablauf eine intensive Liebesbeziehung entwickelt.

In Zukunft endeten die Gespräche unserer beiden Protagonisten, sofern sie in Philines Wohnung stattfanden, überwiegend auf die gleiche Art: Die liebeshungrige Deutschlehrerin ließ sich ebenso gerne von ihren erzieherischen Bemühungen abbringen, wie der träge, verkrachte Mathematiker Ulrich von den aufoktroyierten Zukunftsträumen. Ernsthafte anfängliche Gespräche über Fordern, Fördern, Pflichten, Leistung, Lebenszielen gingen über in oberflächliches Geschwätz über Gefühle, über Liebe, Glück. Beide genossen diese Stunden. Ulrich , ein selten glücklicher Mensch, oft unzufrieden mit sich und enttäuscht von dem lange zurückliegenden Augenblick an, als er bemerkt hatte, dass er nur wenige seiner einst erträumten Ziele erreicht hatte, vergaß in diesen Momenten seine unbefriedigende Lebensleistung und für Philine, klug, bislang in vielen Bereichen erfolgreich, waren diese Zusammenkünfte die Mosaiksteine, mit denen die hier und dort noch vorhandenen Zufriedenheitslücken auszufüllen waren. »Bist du glücklich«, fragte er sie einmal in einem solchen Moment. »Ich bin glücklich«, antwortete sie, »ohne Einschränkung.« Ulrich, weil er eine lange Diskussion über Glück vermeiden wollte, bejahte ihre gleichlautende Gegenfrage. Aber die Formulierung »ohne Einschränkung« benutzte er nicht.

Die energische, sorgende Philine hatte nun ihre Aufgabe, die sie und ihr Leben ausfüllen würde, entdeckt. Ein Experiment wollte sie durchführen. Sie wollte die Welt, die Menschheit, ein kleines Stückchen besser machen, indem sie ein einzelnes Mitglied auf eine höhere Ebene heben würde: Durch zusätzliche Unterrichtung, den Bezug zu ihren beiden Unterrichtsfächern Geschichte und Deutsch wollte sie dabei nie aus den Augen verlieren, sollte dann der Gesamtbildungsstand erhöht werden.

Ulrich erinnerte sich daran, dass er einst,16-jährig, einen sogenannten Besinnungsaufsatz, so hießen diese damaligen Klassenarbeiten im Fach Deutsch, verfasst hatte, der recht gut bewertet worden war: »Meine Gedanken über die Bildung«, hatte er geheißen. »Ausbildung« und »Bildung« hatte er ausgeführt, müsse man trennen, die dürfe man nicht verwechseln. Das hatte er betont; gut konnte er sich noch daran erinnern.

Hier nun, da seine damaligen Ausführungen in der Wirklichkeit erprobt wurden, beschränkte man sich zunächst auf die Ausbildung. Ulrich wurde angehalten, viel zu lesen und viel zu erzählen. Er ließ sich auch nicht, was den zweiten Auftrag betraf, allzu sehr bitten. Leutselig erzählte er aus seinem Leben, von seiner Lehrzeit auf der Werft, von seinen Reisen, die er in drei aufeinander folgenden Jahren in seiner vierwöchigen Urlaubszeit unternahm.

Von seinen Autostopreisen nach Jugoslawien, England, Italien, Frankreich, Schweden, Norwegen berichtete er gerne, seine Übernachtungen in freier Natur auf einer Luftmatratze im Schlafsack entlockte Philine interessiertes Nachfragen; die Erwähnung eines Pyjamas als Nachtbekleidung im Schlafsack unter freiem Himmel trug zu großer Heiterkeit bei. Er vergaß auch nicht, genauest zu schildern, wie ihn in der Nähe von Lyon der nächtlichen Regenguss weckte, und er, bekleidet mit jenem Nachtgewand, seine Habseligkeiten zusammenraffte und unter das Dach eines Schuppens flüchtete. Mit seinen Sportaktivitäten allerdings – mit unüberhörbarem Stolz hatte er sie und deren Höhepunkte angesprochen, die zweimalige

Meisterschaft beim Handball in zwei aufeinander folgenden Jahren, zunächst im Jugendbereich und dann bei den Erwachsenen – konnte er nur wenig Bewunderung erzielen.

Nein, diese Dinge beeindruckten seine Gastgeberin zu seiner Enttäuschung kaum; Philine hatte feste Vorstellungen davon, was in dieser Situation für ihren Schützling wichtig war. Literatur, Ausbildung, Bildung versuchte sie Ihm zu vermitteln, lesen sollte er, um zu erfahren, was die bedeutenden Koryphäen, Geisteswissenschaftler allesamt, gedacht und aufgeschrieben hatten.

Nun könnte man meinen, dass Ulrich, er fühlte sich doch ein wenig gegängelt, diese Beziehung zu der leidenschaftlichen Pädagogin recht schnell beendete. Weit gefehlt! Er war ein überaus geduldiger Mensch, er ertrug all dies, er machte mit. Er war glücklich darüber, jemand gefunden zu haben, der sich um ihn kümmerte, glücklich darüber, seine etwas trostlose Zweizimmerwohnung nach der Arbeit verlassen zu können und den Abend, manchmal die Nacht, in der großen, gut geheizten Eppendorfer Altbauwohnung zu verbringen. Seinen Lesepflichten kam er bereitwillig nach, es machte ihm Spaß, ihre Literaturvorschläge zu befolgen und beim abendlichen Zusammensein die Stärken und Schwächen des Gelesenen dingfest zu machen.

Ulrich war, so haben wir ihn kennengelernt, ein aufmerksamer Schüler und Zuhörer seiner Lehrerin, die sich so selbstlos um seine Weiterbildung sorgte. Gutmütigkeit war im Spiel, aber auch der Wunsch, einvernehmlich die Abende zu verbringen, leitete ihn. Dennoch gab es auch Abende, solche, an denen das geisteswissenschaftliche Bombardement aus dem Mund der eifrigen Philine gar zu heftig wurde, die mit einem Streit endeten. Er begehrte dann auf: Das menschliche Kulturleben setze sich doch nicht nur aus Bildender Kunst, Musik und Literatur zusammen, auch die Naturwissenschaften,

Physik, Chemie, Biologie, und vor allem Mathematik lieferten und liefern doch wesentliche Beiträge. Und wenn dann Einwände von ihr kamen, »ach Mathe, das Fach mit den linearen Denkvorgängen«, dann war der leichte Zorn in Ulrichs Stimme unüberhörbar: »Wenn ich schon das Wort Mathe an Stelle von ›Mathematik‹ höre! Ihr Geisteswissenschaftler«, rief er – und diese oberflächliche Verallgemeinerung und Ungenauigkeit, weil doch Mathematiker auch jenen zugerechnet werden, waren ihm bewusst, sie war seiner leichten Erregung geschuldet – »ihr wisst doch von der Mathematik, sofern die Beschäftigung mit ihr über das bloße Rechnen hinausgeht, erstaunlich wenig. Ihr, du und deine Fachkollegen, habt unveränderliche Vorstellungen von diesem Teil des Kulturlebens und sie speisen sich selten von Anderem als den Erfahrungen der eigenen Schulzeit. Meistens habt ihr, du und deinesgleichen mit eurem Grundkurswissen, seinerzeit wenig verstanden und das Wenige ist nun das Fundament eures Denkens. Weil das so ist, redet ihr abwertend untereinander über diese Wissenschaft, ihr sprecht – ich kenne diese Formulierung – von eintönigem, linearem oder eindimensionalem Denken, mit dem man in euren Fächern nicht zum Ziel käme. Was wisst ihr schon von der Vielseitigkeit der Mathematik – wo hat sie nicht ihre Finger im Spiel – von ihren Möglichkeiten, Wahrheiten zu sichern, von z.B. der unergründlichen, auch von interessierten Laien erkennbaren Rätselhaftigkeit der Anzahl und Anordnung der Primzahlen. Schon Euklid hat bewiesen – wo wird in so mancher Geisteswissenschaft schon mal eine Aussage bewiesen – dass es keine größte Primzahl gibt, dass deren Anzahl also unendlich ist. Andererseits, denk mal nach darüber, kann man wiederum auch zeigen, dass trotz dieser Unendlichkeit der Abstand zweier aufeinanderfolgenden Primzahlen beliebig groß sein kann. Wie passt so etwas zusammen? Ist das nicht geheimnisvoll? Wird deine Neugier hierdurch nicht geweckt?« Energisch setzte er nach: »Die Bereiche, in denen sich euer mathematisches Denken abspielt, sind doch, wenn du diese Erkenntnisse berücksichtigst, arg begrenzt. Trotz dieses eingeschränkten Blickfeldes, warum urteilt ihr, du und deine Kollegen, so vorschnell? Solltet ihr euch überfordert fühlen, weil ihr so viele Fragen nicht beantworten könnt?«

So wortreich redete Ulrich auf sein Gesprächspartnerin ein; kaum ließ er sie zu Wort kommen, der verhinderte Mathematikstudent, der trotz seines Scheiterns lobenswert meinte, sich für jenes Rätselfach einsetzen zu müssen.

Auch am nächsten Abend kam er auf seine Ausführungen des Vortages zurück: »Hast du vielleicht mal was von der Russin Sofja Kowalewskaja gehört? Nein? Sofja Kowalewskaja war eine russische Mathematikerin. Sie lebte am Ende des neunzehnten Jahrhundert; sie wurde nur etwa vierzig Jahre alt, sie war in ihren letzten Lebensjahren als Professorin für Mathematik und Mechanik an der Universität in Stockholm tätig. Sie war die erste Frau, die mit dieser Tätigkeit ihren Lebensunterhalt bestritt. Sie war auch als Autorin tätig; man könnte sie, das müsste dich doch anrühren, als eine frühe Feministin, als Kämpferin für Frauenrechte bezeichnen. Sie hat verschiedentlich versucht zwischen Mathematik und Dichtung eine Beziehung herzustellen und zu beschreiben: … ›es sei unmöglich, Mathematiker zu sein ohne die Seele eines Dichters zu haben …, …in Wirklichkeit verlangt diese Wissenschaft die größte Einbildungskraft …‹ So hat sie sich geäußert und häufig die Unkenntnis vieler Uneingeweihter beklagt.

Natürlich kennt kaum jemand von euch stolzen, eingefleischten Geisteswissenschaftlern, ich meine dich und deinesgleichen, jene bemerkenswerte Frau, obwohl sie doch viel zur Überwindung eurer Vorurteile beitragen könnte. Warum«, fuhr er fort, »warum bezieht sich Bildung fast immer nur auf die gestern genannten drei Bereiche?«

»Beichtet man, Goethes ›Faust‹ nicht zu kennen, gilt man in manchen Kreisen als ungebildeter Banause, in den Fächern Mathematik, Physik Nichtwissen zu bekennen, findet meistens große Zustimmung. Und wenn wir uns bei Diskussionen einmischen, seid ihr schnell bei der Hand, gefangen in euren Vorurteilen, den Vertretern dieser Fächer ihre angeblichen Denkeigenarten vorzuwerfen. Wie gestern bereits ausgesprochen, fallen dann die Schlagwörter ›lineares oder eindimensionales Denken‹. Eure Vorstellung, wir wollten beständig, manchmal gewaltsam, die einzige, die eindeutige Lösung ansteuern, ist falsch. Da eine genaue Trennlinie zwischen Mathematik und Naturwissenschaften auf der einen Seite und z.B. Philosophie auf der anderen nicht existiert, sucht man also hier wie dort die eindeutige Lösung oftmals vergeblich. Fantasie haben sie, die großen Mathematiker und manchmal können sie mit Beweisen die Wahrheit sichern.

Manchmal! Ein Kieler spricht: Alle Kieler lügen! Eine wahre oder eine falsche Aussage?«

So oder ähnlich verliefen an manchen Abenden die verbalen Auseinandersetzungen zwischen der bildungsbeflissenen Philine und ihrem Schützling. Zwanghaft beinahe rutschten sie hinein in diese Gespräche. Rätselhaft war Ulrich sein Verhalten; als gescheiterter Student sich aufzuschwingen zum Verteidiger eines Faches, dessen Geheimnisse er nur oberflächlich durchschaute, und ihr wiederum war dieser Bildungshochmut unerklärlich, mit dem sie sich zum Lehrer ihres Partners bestimmte. Dabei träumten beide in vielen Augenblicken von ganz anderen Dingen.

Trotz dieser sich häufig wiederholenden Streitgespräche – stets hatte Ulrich das Gefühl, sich gegen Philines Angriffe verteidigen zu müssen – blieben ihre Bemühungen, aus ihm einen besseren, sprich gebildeteren Menschen zu formen, nicht ohne Wirkung. Der einst etwas lethargische ehemalige Schiffbauer veränderte sich durch den steten Druck, den die Lehrerin mit missionarischem Eifer auf ihn ausübte. Zuhause, in seinen eigenen vier Wänden, gab es Abende, auch Nächte, an denen, in denen ihn das schlechte Gewissen plagte, weil er wenig Erwähnenswertes in seinem Tagesablauf entdecken konnte.

Wie verbrachte er seine Zeit? Tagsüber ging er seiner Berufstätigkeit nach – und dann am Abend? Er gab sich, wie er es von früher her gewohnt war, nach seinem Arbeitstag nur noch dem Nichtstun hin.

Nun aber überfielen ihn unbegreifliche Ängste, weniger, weil er die Kritik seiner neuen Partnerin fürchtete, als davor, ein ihm zugedachtes Arbeitspensum nicht zu schaffen. Welcher Art dieser Arbeitsauftrag sein sollte – diese Frage konnte er nicht beantworten, ebenso wenig wie jene nach dem Namen eines Auftraggebers.

So passierte es, dass ihm der Einfall kam, sei es, um seine Erinnerungen aufzufrischen, sei es, weil man von solcherart Beschäftigungen bereits gehört hatte, als Autor Episoden aus dem eigenen Leben in einer Kurzgeschichte zusammenzufassen oder gegebenenfalls mit einem anderen Handlungsstrang zu verweben.

Bemüht originell, wenn nötig zitatenfest, logisch durchdacht, ein wenig geschönt an der einen oder anderen Stelle, sollte ›Eine Reise nach Schweden‹ das Licht der Welt erblicken. Wir, die wir stets um Genauigkeit bemüht sind, glauben, diese Aufarbeitung seiner frühen Lebensgeschichte dem Leser nicht vorenthalten zu dürfen. In stillen Stunden brachte Ulrich das Folgende zu Papier:

Unlängst ließ K., er joggte gerade an der Alster, seine Gedanken schweifen, denn diese sind, wie es im Lied so trefflich heißt, nicht nur frei, sondern, beflügelt durch die frische Luft beim Laufen, auch sehr schnell.

So begann Ulrichs Einstieg in die vielschichtige Welt der Literatur. In einer Kurzgeschichte erzählte er von der damaligen Reise nach Schweden an das Sterbebett seines Bruders. Ausführlich beschrieb er seine Verfassung und die Gespräche mit den Ärzten, die ihm die Symptome und der Verlauf der Erkrankung, eine bakterielle Lebensmittelvergiftung, Botulismus genannt, schilderten. Auch das anschließende kleine, bittersüße Techtelmechtel mit der schwedischen Krankenschwester vergaß er nicht in die Geschichte einzubauen. Am Ende, er hatte sich Mühe gegeben, war er mit seinem Werk ganz zufrieden.

Philines Kritik war vernichtend. Sie vermisse den roten Faden bei der Geschichte, sie bemängelte den fehlenden optimistischen Abschluss, auch logische Schwachpunkte habe sie bei den Dialogen entdeckt. Ganz besonders verurteilte sie seine Einführung in die Erzählung: Er hatte sich dabei an eine Exkursion über das ›Erinnern‹ herangetraut, sich ausgelassen über die Erinnerungsfähigkeit in Abhängigkeit unterschiedlicher, langweiliger oder kurzweiliger vergangener Zeitintervalle.

Ach, wie hatte sie ihn verletzt mit den unbarmherzigen Anmerkungen ihres Berufsstandes. Soviel stand fest: Diese gewissenhafte Berufsausübung, rote Tinte war nicht verwendet worden, tat ihrer Beziehung nicht gut. Wir indiskreten Beobachter dieser Veränderungen wundern uns, wie schnell diese vonstatten gingen.

Als die beiden dann am Abend nebeneinander im Bett lagen, wollten zärtliche Gefühle und körperliches Verlangen nicht aufkommen. Auf ihrem etwas fleischigen, einstmals reizvoll weichen Rücken entdeckte er nun plötzlich die hässlichen Einkerbungen, die der Büstenhalter verursacht hatte und ihr weicher etwas gewölbter Bauch erzeugte bei ihm leichten Ekel. Als sie sich erhob, um die Toilette aufzusuchen, sahen seine kritisch blickenden Augen die schweren Brüste seiner Lebensgefährtin. »Die hängenden Gärten der Semiramis«, murmelte er sehr leise, unhörbar, und weil er einst, mit Mühe zwar, das große Latinum erworben hatte, war in seinem Kopf auch der weise, hier nicht passende lateinische Spruch gespeichert: Non vitae, sed scholae discimus, nicht für das Leben, für die Schule lernen wir.

Nur mühsam entwickelte sich wieder die frühere Vertrautheit, die ursprüngliche Herzlichkeit aber, auch die punktuelle Leidenschaft war ihrer Beziehung abhanden gekommen. Ulrich hoffte darauf, dass die Zeit die entstandenen Wunden heilen würde. Aber allein durch Wunschdenken, durch Wollen, lassen sich Gefühle – Liebe, Leidenschaft – offensichtlich nicht entfachen, erst recht werden sie nicht inniger. Die Beziehung zwischen den beiden entwickelte sich zu einem gleichgültigen Nebeneinander. Man traf sich noch regelmäßig, meistens in Philines Wohnung; man redete über Literatur bei solchen Anlässen, wobei sich unser Laborant zunehmend mehr über die unbarmherzige, in seinen Augen sehr subjektive Bewertung menschlicher Geistesleistungen ärgerte.

Häufig versuchten die beiden an diesen Abenden das von Menschen Geschaffene mit seiner Bedeutung zu benennen und nach recht willkürlichen Maßstäben einzuordnen. Unser Schiffbauer störte sich daran, dass bei der Begründung vieler Bewertungen Gefühle eine wesentlich größere Rolle spielten als reale Kriterien. Erschreckend geradezu war für ihn die Unkenntnis bei einfachsten Naturgesetzen und kränkend die arrogante Reduzierung mathematisch-philosophischen-logischen Denkens auf bloßes Rechnen und das Anwenden schlichter Formalismen. Im Großen und Ganzen waren es Gespräche, die sie zu Beginn ihrer Beziehung auch bereits geführt hatten, jetzt aber wurden die Themen bedeutend unverbindlicher, ja streitsüchtiger ausdiskutiert. Man lebte sich erkennbar auseinander. So kam es, wie man es hätte voraussagen können.

Kapitel 6

An einem Donnerstagnachmittag, nach der siebten Unterrichtstunde, war Ulrich in seiner Eigenschaft als Laborant in einem der beiden Unterrichträume damit beschäftigt, für einen Physiklehrer einen Oberstufenversuch aufzubauen. Es handelte sich um ein Experiment, das der Engländer Henry Cavendish bereits 1798 in ähnlicher Form durchgeführt hatte; mit der sogenannten Gravitationsdrehwaage wird hierbei die Kraft gemessen, mit der zwei schwere Körper sich anziehen. Ziel des Versuches ist es letztlich, die Gravitationskonstante, eine weitere physikalische Naturkonstante, näherungsweise zu bestimmen.

Dazu die kurze Beschreibung:

Ein hantelförmiges Gebilde, eine Stange mit jeweils einer Bleikugel am Ende, wird in einem Gehäuse an einem Torsionsfaden hängend, durch zwei größere Bleikugeln, die den kleineren auf unterschiedlichen Seiten gegenüberliegen, geringfügig gedreht, denn die kleine und große Kugel ziehen sich jeweils an. Am Torsionsdrehfaden ist ein kleiner Spiegel angebracht; ein Lichtstrahl, auf ihn gerichtet und von ihm reflektiert, zeigt die Drehung der Hantel an. Aus dieser Drehung folgt die Anziehungskraft zwischen den Kugeln; diese Kraft ist sehr klein.

Die Gravitationskonstante, die mit diesem Versuchsaufbau letztlich ermittelt werden soll, weicht meistens wegen vieler Fehlerquellen im Schulversuch von dem korrekteren Literaturwert deutlich ab; um die Genauigkeit zu erhöhen, wird beim Aufbau ausgiebig und zeitraubend justiert und probiert.

Bei der Vorbereitung des Versuches nun war Ulrich mit einer im Physikraum noch anwesenden Schülerin ins Gespräch gekommen. Patricia, so hieß sie, war achtzehn Jahre alt, interessiert an Naturwissenschaften, Schülerin des vierten Semesters;

sie würde demnächst ihr Abiturzeugnis in den Händen halten. Sie hatte, so erzählte sie, in ihren beiden Leistungskursen, Mathematik und Deutsch, die Abiturklausuren zu ihrer Zufriedenheit absolviert, auch die Klausur in Geschichte, dem Grundkursfach, hatte sie nach ihrer Meinung gut überstanden. Der mündlichen, noch ausstehenden Physikprüfung sähe sie mit großer Gelassenheit entgegen.

Diese wohlgeratene, tüchtige Patricia trat an diesem Nachmittag in Ulrichs Leben. Angetan hatte es ihm zunächst ihr Optimismus, aber auch äußerlich war sie eine ansehenswerte Erscheinung: Sie war mittelgroß, schlank, trug kurze blonde Haare und blickte mit blauen Augen voller Zuversicht in die Zukunft.

Solch eine, ohne Überheblichkeit ausgesprochene positive Bewertung der eigenen schriftlichen Abiturarbeiten, war für den eher pessimistisch denkenden, schwerblütigen, von Streitgesprächen mit Philine zermürbten Ulrich ungewohnt, anziehend, geradezu berührend. Fast eine halbe Stunde unterhielt er sich mit dem jungen Mädchen, das ihn zunehmend mehr in die Rolle des Zuhörers drängte. In einer erfrischenden, sehr offenen Art erzählte die angehende Abiturientin von ihrem Schulalltag, von den sie unterrichtenden Lehrern, von ihren Berufszielen – sie wollte Lehrerin am Gymnasium werden, gegebenenfalls mit dem Fach Mathematik.

Eine Stunde später, nachdem er die Gravitationsdrehwaage der Anleitung folgend auf einem Bord an der Wand erschütterungsfrei aufgestellt und die Lichtquelle justiert hatte, machte er sich schließlich auf den Heimweg. Das Zusammentreffen mit seiner neuen Bekannten ließ ihn nicht unbeeindruckt; er beneidete sie. Welch eine glückliche Jugend, was für eine bewundernswerte Lebenszugewandtheit. Weil Ulrich, wie viele schwermütig-pessimistische Zeitgenossen, sich angezogen fühlte von jungen Menschen mit solch lebensbejahender Einstellung, hoffte er das Mädchen wiederzusehen.

Ein Zusammentreffen zweier Menschen in einer Schule, unter einem Dach, sollte nicht unmöglich sein. Trotzdem dauerte es fast zwei Wochen, bis er Patricia wiedersah. Der Anlass war das jährlich stattfindende sommerliche Leichtathletiksportfest, das auf dem nahe gelegenen Sportplatz stattfand. Auch der Laborant war von den Sportlehrern mit herangezogen worden, um die Leistungen der sprintenden, springenden, werfenden Schülerinnen und Schüler festzuhalten.

Er stand zusammen mit einigen Lehrern an der Laufbahn, um mit der Stoppuhr in der Hand die Laufzeiten der Hundertmeterläufer festzuhalten; er stoppte auf der Bahn 3. Nach jedem Lauf traten die Zeitnehmer zusammen, um bei gemeinsamen Absprachen die Zeiten dem Zieleinlauf anzupassen. Diese anschließende Beratung war dringend geboten, weil nicht alle Beteiligten den Startknopf der Uhr rechtzeitig drückten. Ein Musiklehrer, er bediente die Bahn 2, er wurde bald darauf ausgetauscht, reagierte, als Nebenmann konnte man es hören, mehrfach mit recht deutlicher Verzögerung; in einem Fall hatte er dem Läufer auf Bahn 2 die beste Laufzeit zugeordnet, obwohl jener erst als Vierter das Ziel passierte.

Die meisten Schüler waren ehrgeizig, erfragten sofort ihre Laufzeiten, verglichen sie untereinander und erklärten wortreich ihr Versagen – der Start sei ganz schlecht gewesen – falls sie bessere Zeiten erwartet hatten. Nur einige wenige zeigten ihre grenzenlose Verachtung der Leistungsgesellschaft, indem sie demonstrativ langsam über die Laufbahn dem Ziel entgegen trabten.

Wie alle anderen Teilnehmer am Sportfest, aber spät, fast war es Mittag geworden, tauchte auch Patricia, die interessierte Physikerin, an der abgemessenen 100m-Laufstrecke auf und startete mit vier weiteren Mädchen ihr Rennen. Sie lief mit großem Ehrgeiz und überquerte, knapp geschlagen von der Siegerin, als Zweite in einer annehmbaren 100m-Zeit den Zielstrich.

Nicht alle Läuferinnen waren zufrieden, was auch für einige Zeitnehmer, die bald darauf ihre Tätigkeit beendet hatten, zutraf. Denn die Mittagszeit war bereits überschritten, organisatorische Tätigkeiten standen noch an und außerdem sollte noch der 1000m-Lauf folgen, der einst ein Höhepunkt war, jetzt aber nur auf Wunsch weniger angeboten wurde.

Wie gesagt, der Abschluss des Sportfestes – die Ergebnisse der bisherigen Sportdisziplinen wurden notiert und sollten bei der Sportzensur berücksichtigt werden, wie die zuständigen Lehrer mehrfach versicherten – war der genannte Mittelstreckenlauf. Die Teilnahme war den Schülern freigestellt; wegen der geringen Teilnehmerzahl starteten Jungen und Mädchen gemeinsam.

Auch Patricia nahm teil; sie lief ein bewundernswertes Rennen. Mit großer Zähigkeit, erkennbarer Willenskraft, sogar Leidensfähigkeit überholte sie eingangs der Zielgeraden im Spurt die wenigen Konkurrenten und wurde umjubelte Siegerin. Ulrich, der auch hier als Zeitnehmer eingesetzt war, registrierte die Zeit des Drittschnellsten, sparte nicht mit Lob für die erschöpften Läuferinnen und Läufer. Auch den Sportvertretern sprach er seine Anerkennung aus, obwohl ihm Bewertungen und Meinungsäußerungen solcher Art als nichtpädagogischer Mitarbeiter nicht zustanden, sodass manch altgedienter Sportlehrer im Geiste ein wenig die Nase rümpfte. Wie schön sei es, sprach er aus, den Mädchen Gelegenheit zu geben, sich den Jungen ebenbürtig, wenn nicht sogar überlegen zu zeigen.

Bei Gesprächen solcher Art, über Sinn und Nutzen des Leistungsgedanken, auch über schulische Leistungen und deren Bewertung, über Definitionsversuche des Leistungsbegriffs, verging Lehrern wie Schülern die Zeit beim Aufräumen der Sportstätten wie im Fluge.

Für Ulrich und Patricia war dieser Nachmittag der Beginn einer intensiven Freundschaft. Und Philine? Sie stieß hinzu;

es entwickelte sich eine Beziehung zu dritt, eine Art menage a trois.

Philine stieß nicht hinzu, sie drang geradezu ein!

Sie hatte sehr schnell bemerkt, dass ihr Protege sich angezogen fühlte von dem Mädchen Patricia, das nicht nur durch seine läuferische Schnelligkeit, sondern auch durch gedankliche Hurtigkeit und Eloquenz zu überzeugen wusste. Hinzu kam ihr angenehmes Äußeres; kurz und gut, Patricia war ein ausgesprochener Blickfang. So kam es, dass Philine ihrem Schützling vorschlug, nachdem sie mit Missvergnügen sein häufiges Zusammentreffen mit dem Mädchen registriert hatte, die Oberstufenschülerin auch ihr, Philine, in ihrer Wohnung vorzuführen. Patricia, aufgeschlossen wie sie war, kam dieser Einladung, die Ulrich übermittelte, ohne zu zögern nach. Gerne wollte sie ein Mitglied des Lehrkörpers näher kennenlernen, insbesondere eine Lehrerin mit der Kombination der Fächer Deutsch, Geschichte, denn das seien die Fächer, sagte sie, zu denen ihr bisher, trotz ihrer insgesamt guten Schulnoten, der rechte Zugang noch fehle. Man kann die Bescheidenheit auch übertreiben, dachte der Überbringer der Einladung – oder war das eher Koketterie?

An einem Donnerstagnachmittag führte Ulrich sie ein; gemeinsam saß man am Wohnzimmertisch bei Kaffee und Kuchen und unterhielt sich über Begebenheiten des Schulalltags. Im Hintergrund drohten die aufgereihten Bücher, denn die Rückwand war bis fast unter die Decke mit einem riesigen, gefüllten Bücherbord zugestellt. Erstaunlicherweise ließ sich Patricia durch die gewaltige Literaturmenge in ihren Rücken überhaupt nicht beeindrucken: Selbstbewusst, forsch, geschickt formulierend, beantwortete sie die Fragen von Philine nach ihrem Deutschunterricht. Sehr schnell hatte jene erkannt und sprach es auch aus, welche Fehler ihrem unbelesenen Fachkollegen in seinen Deutschunterrichtsstunden unterlaufen seien, dass man dem einen oder anderen Stoff wesentlich mehr entlocken könne. Außerdem ließ seine Auswahl, fügte sie noch hinzu, bei den besprochenen Werken zu wünschen übrig, dass z.B. die Beschreibung des Künstlers im Thomas-Mann-Werk »Tonio Kröger« besser zu erarbeiten sei, als im »Tod in Venedig«.

Viele weltbewegende Dinge wurden erörtert an Philines Kaffeetisch; von der Literatur kommend landete das Gespräch urplötzlich bei historischen Themen. Ulrich saß staunend dabei, denn während er noch über die Aussagen, die das Mannsche Werk betrafen, nachdachte, wurde die Frage erörtert, wodurch der Lauf der Geschichte bestimmt werde. »Nicht Zufälle«, meinte Philine, »sind es. Es sind Personen, die angebotene Gelegenheiten wahrnehmen und auf diese Weise die Richtung bestimmen. Napoleon hat in seinen Memoiren offenbart, sein Schreiber hieß übrigens de Las Cases, dass er immer nur auf sich bietende Gelegenheiten reagiert habe.«

Wie reagierten die beiden Zuhörer auf diese Fülle an Aussagen? Patricia, Ulrich, beide waren beeindruckt. Die eine sichtbar, sodass sie beinahe mit offenem Mund lauschte, der andere kopfschüttelnd gewissermaßen, denn ihm war eingefallen, dass Philine sich kürzlich für ihren Unterricht auf Napoleon und seine Verbannung auf die Insel Helena vorbereitet hatte; ihm war diese Angeberei mit diesem Detailwissen, mit dieser Namensnennung, etwas peinlich.

Kaum hatte Philine dies spezielle Wissen abgelaicht, wandte sie sich religionsphilosophischen Fragen zu.

»Gibt es eigentlich im Laufe der Geschichte eine beständige Zunahme der menschlichen Moral«, fragte sie für alle völlig unvermittelt – Ulrich konnte sich nachträglich an keine Äußerung erinnern, die diesen Themenwechsel plausibel gemacht hätte – und die Fragende lieferte die Antwort gleich mit: »Meiner Meinung nach gibt es eine Grenze; das ist Gerechtigkeit für jedermann und Anerkennung des Gebotes, in der Gemeinschaft niemandem Schaden zuzufügen. Darüber hinaus ist wohl nicht mehr zu erreichen. Die Menschen sind nun mal nicht perfektibel«, fügte sie noch an. »Nicht perfektibel«, wiederholte Ulrich leise, von dieser hoch eleganten Wortschöpfung ähnlich beeindruckt, wie von diesem sprachlichen Feuerwerk.

So kam es, dass er nur sehr zögerlich versuchte gegenzuhalten. Nach dem Abdriften der smarten Gastgeberin in die Philosophie hatte er während der letzten Ausführungen der tonangebenden Philine intensiv, beinahe fieberhaft, nachgedacht, auf welche Weise er möglichst elegant überleiten könne auf ein Feld, auf dem auch er Kluges dem Gespräch beifügen könnte. So war er auf Kant gekommen und er erwähnte den »kategorischen Imperativ« und dass sich jener zwangsläufig aus Philines letzter Aussage ableiten ließe bzw. sich dahinter verberge. Diese Kantsche Forderung schien allen bekannt zu sein, offensichtlich zu bekannt – jedenfalls meinte Ulrich bei seiner Förderin ein missbilligendes Stirnrunzeln zu bemerken, während Patricia immerhin zustimmend nickte. So wechselte er das Thema und versuchte Erlebtes aus seiner früheren Handwerkertätigkeit auf der Werft beizusteuern. Leider fanden auch jene Erzählungen, die das Leben betrafen, das er vor seiner Laborantentätigkeit geführt hatte, Geschichten, die er oft bei Geselligkeiten zum besten gab, weil Schrulliges vorkam, worüber man lachen konnte, diesmal keine Gnade vor Philines Ohren. Selbst mit der Erwähnung jener Charly Chaplin-Episode aus dem Film »Moderne Zeiten«, in welcher der tolpatschige Tramp durch die Entfernung eines Keils ein halbfertiges Schiff den Helgen hinab ins Wasser rutschen ließ, erlangte er nicht die volle Aufmerksamkeit seiner beiden Zuhörerinnen. Er hatte wohl jene Szene zu umständlich erzählt, außerdem schien jener Film beiden unbekannt zu sein. »Immer die gleichen Geschichten«, murmelte Philine hörbar, sodass Ulrich verstummte und der Hausherrin wieder das Feld überließ.

Handstreichartig hatte die Lehrerin das Terrain erobert. Patricia hatte nur noch Augen und Ohren für die Gastgeberin, voller Bewunderung hörte sie sich die klugen und selbstbewusst vorgetragenen Aussagen an. Auch als Philine ein weiteres Mal das Thema wechselte und sich kenntnisreich der aktuellen Tagespolitik zu wandte, folgte ihr die Schülerin aufmerksam, registrierte Fakten und Zahlen und beteiligte sich am Gespräch, indem sie kluge Fragen stellte und die gegebenen Antworten dabei vernünftig und logisch richtig verwertete.

Ulrich, das etwas tumbe dritte Rad am einachsigen Wagen, war abgemeldet. Seine früh abendlichen Besuche in der Eppendorfer Altbauwohnung, die gemütlichen gemeinsamen Abende, unterblieben fortan. Seinen Platz in der schicken Wohnung hatte nun Patricia eingenommen.

Sehr bald schon war an der Schule diese neue Konstellation, die keiner der beiden geheim zu halten versuchte, allen im Kollegium bekannt; man sprach bisweilen darüber. Da aber Patricia sehr bald schon nach gut bestandenem Abitur die Schule verlassen würde, Philine außerdem als Lehrerin an keiner Stelle mit der Prüfung der Abiturienten befasst war, wurden auch bei dieser Beziehung beide Augen zugedrückt. Man war tolerant; selbst die älteren Kolleginnen, man wollte sich die Weltoffenheit nicht absprechen lassen, runzelten allenfalls unter vier Augen die Stirn.

Kapitel 7

Der ausgebootete Ulrich verließ die Schule, die ihn seinerzeit beinahe mit weit geöffneten Armen empfangen hatte, die ihn nur ungern gehen ließ, an der er sich über Jahre so wohl gefühlt hatte.

Seine neue Schule, er hatte als Wechselgrund den Wunsch nach einem kürzeren Arbeitsweg angegeben, war im Gegensatz zu seinem alten Arbeitsplatz, ein gestandenes, renommiertes Gymnasium. Er hatte seine neue Arbeitsstätte als die Schule seiner Wahl angekreuzt, auch hatte er gewusst – bei den regelmäßigen Treffen der Laboranten des Stadtteils wurde viel erzählt – dass hier die Stelle des Laboranten unbesetzt war.

Aber trotzdem hatte er kaum zu hoffen gewagt, dass bei der Schulzuweisung jener Kelch, genannt »Gesamtschule«, an ihm vorübergehen würde; das unerwartete Wunder war eingetreten. Die zuständige Behörde hatte seinem heimlichen Wunsch entsprochen. Welch glückliche Fügung!

In Ulrichs Vaterstadt nämlich war dieser Schultyp, Gesamtschule, verglichen mit anderen Schularten, eigentlich immer das Lieblingskind der für die Bildung zuständigen Entscheider, sodass Wünsche, sofern von einer Gesamtschule ausgesprochen, bevorzugt erfüllt wurden.

Zum Schuljahreswechsel lernte er seinen neuen Arbeitsplatz kennen: Ein Gymnasium mit einer Vergangenheit, untergebracht in einem respekteinflößenden Gebäude, einem Schumacherbau.

Fritz Schumacher, im 19.Jahrhundert in Bremen geboren, war ab 1924 bis zum Beginn der Nazizeit Oberbaudirektor in der Hansestadt an der Elbe. Sein bevorzugtes Baumaterial war Backstein. Mit den roten Ziegelsteinen baute er, ließ er bauen, Stadtteile, Verwaltungsgebäude, Schulen, Arbeiterwohnungen;

wegen ihrer Schlichtheit – die Anlehnung an die Bauhaus-
architektur war unübersehbar – auch wegen dieses Baumate-
rials waren seine Schöpfungen nach dem Urteil der meisten
Betrachter schön anzusehen.

Das Schulgebäude, Ulrichs neue Wirkungsstätte, war nicht
nur respekteinflößend sondern auch schön. Es bestand aus
mit Flachdächern abgedeckten Backsteingebäuden, die recht-
winklig zusammengestellt, einen Innenhof frei ließen. Wir erkennen: Dieses Innenhofviereck wird gebildet im Osten von
der Aula und im Norden und Süden symmetrisch zu einer ge-
dachten Achse von den beiden langgestreckten, zweistöckigen
Klassen- und Kursraumblöcken. Die ganze Anordnung ähnelt
einem großen Hufeisenmagneten, der angenähert in Ostwest-
richtung im Gelände platziert wurde. Die beiden Schenkel –
beim verwendeten Original aus der Schulphysik sind sie in der
Regel zur Unterscheidung von Nord- und Südpol rot und grün
lackiert – verlaufen parallel zueinander, nähern sich ein wenig
an, um danach, weiterhin parallel zueinander, auf die quer davor gestellten beiden Turnhallen zu treffen, die gewissermaßen
die Öffnung zwischen den Magnetpolen verschließen. Unübersehbar ist die Symmetrie der gesamten Anlage. Der sorgfältige
Betrachter meint die Achse zu sehen, die auch noch das Oval
des Sportplatzes, der den Turnhallen im Westen vorgelagert ist,
in zwei deckungsgleiche Hälften zu teilen scheint.

So sah die ursprünglich von dem Architekten entworfene und
1929 gebaute Lehranstalt aus. Die Schule, die Ulrich kennen
lernte, hatte sich gegenüber dem damaligen Bau äußerlich nur
wenig verändert. Den an die Aula nach Westen angrenzenden
Innenhof hatte man bis zu den Fundamenten der ihn umgebenden Gebäude abgesenkt, sodass durch geschickte bauliche
Veränderungen mehr Platz u.a. für die naturwissenschaftlichen
Fachräume, Ulrichs zukünftiges Betätigungsfeld, geschaffen
wurde. Man hatte nämlich auf diesem tiefer gelegenen neuen

Niveau den dortigen Gebäuden Fachräume für Physik, Chemie, Biologie vorgelagert, derart, dass deren Dächer begehbar waren. Um noch mehr Platz zu gewinnen, verband man an der Stelle, an der der Abstand der Hufeisenarme geringer war, die beiden Schenkel des Hufeisenmagneten mit einem neu errichteten Gebäude, das die viel genutzte Pausenhalle beherbergte. Nun war auf diese Weise der rechteckige Pausenhof in einem quadratischen verwandelt worden. Diese so entstandene Anordnung – quadratischer Innenhof, umgeben von einem Gebäudegeviert – war den Viereckbauernhöfen nicht unähnlich, die Ulrich, damals als kleiner Junge, als ausgebombtes Flüchtlingskind, in Oberbayern kennen gelernt hatte. Der Innenhof, den der vierflügelige bayrische Bauernhof freiließ, wurde seinerzeit allerdings zur Lagerung des Misthaufens genutzt.

Ulrich wurde von den Mitgliedern des neuen Kollegiums sehr freundlich aufgenommen. Diejenigen Kollegen, mit denen er überwiegend zu tun haben würde, Physiker, Chemiker, Biologen wurden ihm vorgestellt, den Fachvertreter für Physik lernte er näher kennen. Denn jener, seinen Namen Olaf hatte er sich eingeprägt, so war er angesprochen worden, führte ihn in der ersten großen Pause in die Physiksammlung. Mit unüberhörbarem Stolz erklärte er dem Neuling die Anordnung und Unterbringung der Geräte in seiner Physik, wies auf den einen oder anderen Schrank mit speziellem Inhalt – alle waren sorgsam beschriftet – und betonte, dass er, um allen Kollegen das Unterrichten zu erleichtern, sehr darauf achte, dass die vorgegebene Ordnung eingehalten werde. Jetzt mit der Hilfe des Laboranten, da sei er sicher, würde alles noch viel besser klappen. Olafs Bemühen, den Neuen wie einen gleichberechtigten Mitarbeiter zu behandeln, war unübersehbar, insofern hatte jener es erneut gut getroffen, er konnte zufrieden sein. Auch der Sammlungsleiter schien nicht unzufrieden zu sein mit sich und seinem Verhalten dem Untergebenen gegenüber.

War doch ein zufriedenes Lächeln bei der Trennung auf seinem Gesicht zu beobachten.

Die Biologie- und Chemiesammlung lernte er unter der Führung des jeweiligen Fachvertreters ebenfalls kennen; er merkte, dass insbesondere die Chemiesammlung recht dringend die ordnende Hand eines Laboranten benötigte. An ihm sollte es nicht liegen, sprach er sich Mut zu, hatte er doch während seiner Studienzeit zwar nicht Chemie studiert, aber sich außer Plan – geschuldet einem ereignisreichen eigenem Chemieunterricht – einige Vorlesungen in diesem Fachgebiet angehört.

Ulrichs Tätigkeiten an der neuen Schule, die in einem so schönen, beinahe geschichtsträchtigen Gebäude untergebracht war, beschränkten sich auf die ursprünglichen, bei der Beschreibung der Arbeitsstelle angegebenen Tätigkeiten: Er stellte die Geräte bereit, was in der wenig übersichtlichen und unvollkommen beschrifteten Chemiesammlung stets mit zeitraubendem Suchen verbunden war, ihm in der Physik zum Ausgleich jedoch schneller von der Hand ging, reparierte defekte Geräte und zerbrochene Möbel, räumte am Ende des Schultages das nicht mehr benötigte Arbeitsgerät wieder in die Schränke ein. Sein Wissen und seine Phantasie beim Aufbau von Versuchen war, anders als an seiner ehemaligen Schule, weniger gefragt; auch meinte er beobachtet zu haben, dass zeitaufwändige Versuche, sei es aus Protest – bei der Arbeitszeitfestlegung war dem Fach Physik die gleiche Zeit zugeteilt worden wie z.B. dem Fach Mathematik – sei es aus Bequemlichkeit, seltener zum Einsatz kamen.

Obwohl Ulrich sich eher mit untergeordneten Tätigkeiten beschäftigte, fühlte er sich in seinem neuen Umfeld wohl. Das lag auch daran, dass er gleich zu Beginn von einem Physiklehrer mehrfach als zusätzlicher Begleiter einer Mittelstufenklasse herangezogen wurde, die mit öffentlichen Verkehrsmitteln eine entfernt liegende andere Schule aufsuchte, weil die Arbeitsbedingungen dort besser seien, so der Fachlehrer, um spezielle physikalische Versuche durchzuführen.

Auf dem Weg dorthin beobachtete er, dass der Fachlehrer, der sich unterwegs während der Anfahrt mit großer Leidenschaft und auch Lautstärke im Gespräch mit ihm sich pädagogischen Fragen und deren Beantwortung gewidmet hatte, die Namen der einzelnen Schüler, die er immerhin bereits ein halbes Jahr unterrichtet hatte, nur vereinzelt im Kopf hatte.

Wem kommen hier nicht manch linkischer Referendar, manch weltfremder Junglehrer aus der eigenen Schulzeit in den Sinn, möglicherweise sogar der Kandidat Modersohn aus dem Roman »Buddenbrooks«, der vor Hanno, dessen Mitschülern und Direktor Wulicke, so kläglich versagte.

Auch mit dem Schulleiter kam er, trotz seiner untergeordneten Stellung häufiger ins Gespräch; die Gelegenheit ergab sich hin und wieder in der Mittagspause. Wie das?

Ulrichs neue Schule bot nämlich einen von den Schülereltern betriebenen Mittagstisch an. Gegen einen bescheidenen Betrag – er sei nur wenig höher als der Selbstkostenpreis – konnten Lehrer und Schüler unter mehreren Gerichten auswählen und sich für den später stattfindenden Unterricht stärken. An etlichen Tischen, die in der Pausenhalle etwas abgesondert und erhöht standen, konnte man Platz nehmen, um sich zu sättigen. Auch Ulrich wurde anstandslos an diesen Tischen geduldet und kam zwangsläufig während seiner halbstündigen Mittagspause mit etlichen Mitgliedern des Lehrkörpers ins Gespräch. Auf diese Weise lernte er dann auch den Schulleiter näher kennen. Jener – er konnte auf lange Jahre an der Schule zurückblicken, zunächst als einfacher Fachlehrer, später als Schulleiter – war im Stadtteil eine durch die lange Tätigkeit bekannte Person. Er unterrichtete die Fächer Deutsch, Geschichte, Gemeinschaftskunde, Fächer also, mit denen viele Lehrer in der Hansestadt Karriere machen.

Wie bei solchen Unterrichtsfächern zu erwarten war, verstand er es, geschickt und auch spannend zu erzählen, sodass sich an seinem Tisch regelmäßig, soweit Sitzplätze vorhanden waren, viele neugierige, diskussionsfreudige und hungrige Kostgänger einfanden. Dort lauschten sie allesamt seinen stets klugen Ausführungen zu Fragen des Alltags, des Schullebens, des Unterrichts, über Themen aller Art, mochten sie noch so ungewöhnlich sein. Solche Fragen und Themen allerdings, bei deren Bearbeitung man lediglich, wie die »schnöden Naturwissenschaften nur biedere Effizienzkriterien der Wissenschaftsbürokratie im Auge hat«, würden an diesem Tisch eher gemieden.

Mit solch einprägsamen Worten jedenfalls hatte der Kolporteur, ein Musikerzieher, wie Ulrich später herausfand, den Neuling, kurz nach dessen Eintritt in sein neues Arbeitsverhältnis informiert. Der so Belehrte hatte damals nicht herausgefunden, ob Hohn und Spott oder deutliche Zustimmung der Grundtenor dieser Aussage des Musikers gewesen war.

Jedenfalls, trotz seiner Empörung über Begriffe wie Effizienzkriterium und Wissenschaftsbürokratie in Zusammenhang mit Naturwissenschaften, ließ er sich häufig am Tisch der Schwergewichte nieder. Nicht nur hungrig sondern auch besessen von der Idee, bei erst bester Gelegenheit diese Missverständnisse, die Naturwissenschaften betrafen zu korrigieren.

Standesdünkel sucht man beim modernen Lehrer vergeblich, sodass auch den wahrscheinlich schlichteren Beiträgen eines Laboranten Aufmerksamkeit geschenkt wird. So traute sich Ulrich bei passender Gelegenheit das Wort zu ergreifen: »Es ist keineswegs so«, hatte er vorsichtig ausgeführt, denn er war es nicht gewohnt, vor so vielen Zuhörern, sechs waren es an der Zahl zu sprechen, »dass die Chemiker, Physiker, Mathematiker beständig Effizienzkriterien im Kopf haben. Der unerfahrene Betrachter glaubt ja, die Quintessenz einer Überlegung oder eines Experiments sei, ein sofort verwertbares Ergebnis zu liefern, besser noch eine Zahl oder eine physikalische Größe. Diese Vorstellung ist falsch. Wo kommt Effizienz ins Spiel, wo ist davon die Rede bei Arbeiten oder Vorlesungen mancher Mathematiker, z.B. Artin, Frege, wo bei den Ergebnissen der theoretischen Physiker, die bei Desy arbeiten? Nirgendwo!

Diese fehlende Effizienz, dieser ›Mangel‹, wird jenen Physikern, die bei Desy arbeiten, ja geradezu vorgeworfen. Zu guter Letzt:

Mathematik ist doch eine Geisteswissenschaft. Wo verläuft denn die Trennlinie zwischen der Mathematik von z.B. Gottlob Frege, er ist Verfasser solcher Aufsätze wie ›Funktion, Begriff, Bedeutung‹, und Teilgebieten der Philosophie. Ich kann keine erkennen.«

Auf diese Weise, mit solch bewundernswertem Engagement versuchte der mutige Laborant, während die Zuhörer ihr Mittagessen löffelten, die Vorurteile seiner Tischgenossen zu widerlegen. Um des Friedens willen, so schien es, stimmte man ihm zu. Die Mittagspause war beendet. Man erhob sich.

Jener Schulleiter also, der beim Mittagsessen so leutselig mit seinen Kollegen plauderte, war den Vertretern der musischen Fächer, das war leicht zu beobachten, ganz besonders zugetan. Eigenes Interesse, zusammen mit dem Wissen, dass die Eltern des Stadtteils, dem die Schule angehörte, jene Schulfächer ohne Leistungsdruck besonders wertschätzten, hatte dazu geführt, dass Rektor und Mehrheit des Kollegiums der Schule eine musische Ausrichtung übergestülpt hatten.

Das Äußere des Schulleiters, Bartträger war er, Kleidung leger, unkonventionelles Verhalten, alles passte hervorragend zu der Rolle, die er an dieser Schule ausfüllte. So war es auch erwartbar, dass bei der ersten Zusammenkunft des Neuen mit dem Direktor in dessen Büro, jener den Laboranten ausgiebig nach seinem Vorleben befragte. Und Ulrich gab bereitwillig Auskunft:

Dass seine ehemalige Schule sehr viel kleiner als seine jetzige gewesen sei, dass er dort von Anfang an ungewöhnlich eng und vertrauensvoll mit den Physiklehrern zusammengearbeitet habe, dass er sein Mathematik-und Physikstudium abgebrochen, dass er eine Schiffbaulehre absolviert habe, dass er jedoch – das wollte der Rektor nämlich scherzhaft zwischendurch wissen – kein vollständiges Schiff konstruieren könne. Seine Affinität zu Süddeutschland erfragte er, auch die Begründung, nämlich die dort verbrachten Kindheitsjahre, erfuhr er. Und, nachdem Ulrich seinen Sommerurlaub in Bayern erwähnt hatte, ob er die Sonnenfinsternis, die im Süden erheblich besser zu beobachten war, gesehen habe.

All diese Fragen und einige mehr stellte er und bewies wieder einmal seine ihm nachgesagte Aufgeschlossenheit allem und allen Neuen gegenüber.

Sehr bald schon fühlte Ulrich sich auch an dieser Schule zuhause. Er lernte ihre Eigenarten kennen, dass z.B. die Konferenzen zur Beschleunigung des Ablaufs nicht vom Schulleiter, sondern von einem einfachen Mitglied des Kollegiums geleitet wurden, dass dem Fach Musik, allgemein den Künsten, mehr Bedeutung beigemessen wurde als an seiner früheren Schule. Und die Schüler waren angenehm, sie waren, so hatte er es beobachtet, dem Schulbetrieb, der Schule, der Lehrerschaft mehr zugetan als die Schüler, die er bisher kennengelernt hatte; verglichen mit jenen, waren sie freundlicher, höflicher, aufgeschlossener, auch kritischer. Auch das lokale Umfeld, der Stadtteil soweit er ihn beim Einkauf kennenlernte, gefiel ihm, sodass er häufiger abends zurückkehrte, um das Kino im Stadtteil aufzusuchen.

Zwar hatte ihm mancher Lehrer, mit dem er es zu tun hatte, berichtet, dass die Ansprüche von Eltern und Schülern an die Schule sehr hoch seien; beide erwarteten mit Nachdruck jene guten Zensuren, welche die Abiturienten – mehr als jeder

Zweite eines Jahrgangs erlangte in ihrer Vaterstadt die Hochschulreife – für ihr berufliches Fortkommen meinten zu benötigen.

All das aber ging ihn nichts an; er richtete sich darauf ein, sein Berufsleben an dieser Schule in nicht so ferner Zukunft auch zu beenden.

Tatsächlich, etliche Jahre waren mehr als hurtig vorüber geeilt, denn die Wochen verstrichen heutzutage offensichtlich schneller als damals auf der Werft – sollte es einen Zusammenhang geben zwischen diesem Empfinden und der Tatsache, dass der Quotient aus einem Jahr, 365 Tagen also, und der bereits durchlebten langen Lebenszeit beständig kleiner wird?

Schließlich verabschiedete sich Ulrich mit einer emotionalen Rede von dem netten, sehr vertraut gewordenen Kollegium in den Ruhestand.

Kapitel 8

Sollte es möglich sein, dass ein Leben, das man früher geführt hatte, nach einer Unterbrechung von vielen Jahren beinahe übergangslos wieder aufgenommen und fortgesetzt wird? Denn unvermittelt lief unserem Protagonisten seine frühere Lebensgefährtin, Philine, erinnerte er sich, über den Weg.

Sehr wahrscheinlich ist ein Zusammentreffen zweier sich einst nahestehender Menschen in einer Großstadt nicht. Jedermann, der bereits einmal von einem Postzusteller zusammen mit der Aussage, Empfänger nicht angetroffen, unmissverständlich aufgefordert wurde, seine ihm zugedachte Postsendung eigenhändig am Postamt abzuholen, wird zustimmend nicken. Sollten allerdings, wie im vorliegenden Fall, einige weitere Umstände vorliegen, dann sieht die Sache anders aus.

Ulrich hatte sich in dem Kino seines ehemaligen Arbeitsumfeldes abends den »Besonderen Film« angesehen, einen alten Truffautfilm; »Sie küssten und sie schlugen ihn« war sein deutscher Titel. Der Film war ihm von früher her nicht unbekannt, denn er war in seinen jungen Jahren und auch noch später ein eifriger Kinogänger gewesen.

Auch Philine, aufgeschlossene Deutschlehrerin, die sie war, schätzte die Filmkunst; gerne hatte sie seinerzeit, wenn es ihre Zeit erlaubte, die Kinos ihres Stadtteils aufgesucht, in denen die alten Filmklassiker gezeigt wurden. Ganz und gar unwahrscheinlich war das Weitere also nicht.

Denn im vorliegenden Filmtheater, das kam hinzu, war der »Besondere Film« eine regelmäßig stattfindende Einrichtung; ein kenntnisreicher Kommentator stellte den Film, den er eigenhändig ausgewählt hatte, in Kurzform zu Beginn der Veranstaltung dem Publikum vor.

Ulrich erinnerte sich recht gut an dessen Eingangsworte,

denn seine ehemalige Partnerin, der wegen einer Verspätung – typisch, hatte er gedacht – die Einführung entgangen war, hatte ihn um eine Wiedergabe gebeten.

»Dieser Film«, hatte er nacherzählt, »wurde etwa 1960 gedreht; er ist der erste Film von Truffaut, dem Mitbegründer der französischen ›Jungen Welle‹. Er soll überwiegend autobiographisch sein, er schildert die Schwierigkeiten eines etwa vierzehnjährigen Jungen mit Schule und Elternhaus. Der Junge gerät auf die schiefe Bahn, stiehlt eine Schreibmaschine, wird von seinen Eltern in eine Art Besserungsanstalt gesteckt, aus der er letztendlich flieht. Er läuft ans Meer; am Ende des Films verfolgt ihn die Kamera bei seinem Dauerlauf am Strand dem Wasser entgegen.«

Beim Verlassen des Kinos, vor dem Eingang, in der hinaus strömenden Menge, war Ulrich mit seiner früheren Lebenspartnerin zusammengetroffen.

Die beiden begrüßten sich mit gedämpfter Begeisterung, ihr Verhalten ähnelte dem zufälligen Zusammentreffen zweier ehemaliger Konkurrenten, zweier Tennisspieler z.B., die sich jahrelang um die Spitzenposition in der Mannschaft gestritten hatten. Nach Ulrichs kurzer Wiedergabe der von Philine verpassten Einführungsworte, rückte der bis vor Kurzem betrachtete Film mit seinem berührenden Schluss sofort in den Hintergrund. Vielmehr gab man sich erstaunt, man sprach aus, dass man sich wundere, man erklärte, warum dieser Film, an diesem Tag, in diesem Kino. Dann kam man zur Sache und wechselte das Thema:

»Wie geht es dir, was machst du so, was hast du getrieben in den letzten fast zwanzig Jahren?« Und Ulrich setzte die Fragerei fort: »Was ist aus deinem Schützling Patricia geworden? Arbeitest du noch an unseren damaligen, gemeinsamen Schule? Oder bist du im Ruhestand?«

»Ich bin natürlich, wie du leicht ausrechnen kannst, wie du

sicher auch, mittlerweile pensioniert. Patricia habe ich aus den Augen verloren, sie ist seinerzeit nach dem Abitur nach Karlsruhe über gewechselt und wollte dort Architektur studieren.«

Immerhin, dachte Ulrich, ist trotz deines Einflusses, liebe Philine, ein wenig Naturwissenschaft übrig geblieben bei ihrer Ausbildung.

»Ich denke«, sagte er stattdessen, »sie wäre eine gute Physikerin geworden. Aber bei ihrem gewählten Beruf kann sie ja auch nicht ganz auf dieses Fach verzichten; ganz ohne Einfluss«, fügte er noch beschwichtigend hinzu, »bist du aber mit deinen Bemühungen, wie man sieht, also nicht gewesen.«

Philine nickte und sagte unvermittelt: »Ich bin übrigens seit fast siebzehn Jahren verheiratet. Mein Mann ist ein bisschen älter als ich, wir haben uns einige Jahre, nachdem du unsere Schule verlassen hast, kennen gelernt und wenig später geheiratet. Mein Mann hat mich dazu gedrängt, ich bin aber bis zu meiner Pensionierung im Schuldienst geblieben.«

Ulrichs ehemalige Lebensgefährtin war immer noch eine überaus flotte Erscheinung; sie war jedoch bei kritischer Betrachtung, mit den Augen von unsereins, ein wenig zu pummelig geworden. Nun gut, die Dünnste war sie, solange wir sie kennen – sie hatte eine Schwäche für Kuchen – noch nie gewesen; auch früher, der Leser wird sich erinnern, hatten wir bereits diesen volkstümlichen Ausdruck bei der Beschreibung ihrer Körperlichkeit gebraucht, aber heutzutage hatte sie noch eine Nuance zugelegt.

Sie war schön anzusehen, gepflegt, nett gekleidet, sodass der eine oder andere sich nach ihr umsah, aber … Nun, es steht uns nicht zu, aus Fairness dem anderen Geschlecht gegenüber, so ein Urteil zu fällen. Kurz und knapp: Wir wollen sie als ansehnlich bezeichnen.

Und Philine berichtete weiter: »Ein wenig verlockend war es schon, einen reichen, nein, einen vermögenden Mann an seiner

Seite zu haben, nicht unbedingt arbeiten zu müssen oder jederzeit damit aufhören zu können. Aber ich habe meinen Beruf geliebt, so bin ich dabei geblieben; wie bereits erwähnt, habe ich Patricia, nachdem sie zum Studium nach Süddeutschland gezogen war, aus den Augen verloren.«

Sie ahnte wohl, dass ihr früherer Lebensgefährte sich für das Schicksal von Patricia, den damaligen Auslöser ihre Trennung, interessieren würde. Um ihr Desinteresse an der Person dieser Schülerin deutlich zu machen, hatte sie nun innerhalb kürzester Zeit bereits zweimal die Person, um die es ging, »aus den Augen verloren.«

Die beiden Kinogänger, die sich so viel zu erzählen hatten, suchten noch ein nahe gelegenes Lokal auf und begossen ihr Zusammentreffen: Jeder der beiden trank ein Bier; Ulrich wunderte sich, dass Philine, die früher ein Glas Wein deutlich bevorzugte, nun innerhalb der nächsten halben Stunde, während sie über alte Zeiten sprachen, ein wenig tratschten, dem halben Liter noch ein kleines Bier folgen ließ. Danach ging man sehr schnell auseinander. Man trennte sich, nachdem Philine zum Abschluss ihren früheren Kollegen noch eingeladen hatte, sie in ihrem neuen Heim zu besuchen.

Zuvor hatte sie, nachdem er nachgefragt hatte, noch kurz erzählt, dass sie und ihr Mann das Haus, das sie bisher bewohnt, vor kurzem verkauft hätten und wegen der größeren Bequemlichkeit in eine moderne, große Eigentumswohnung gezogen seien, die zwar etwas weiter stadtauswärts, aber verkehrsgünstig ganz in der Nähe einer Station der Vorortsbahn läge.

Einige Tage später, am Wochenende, ausgestattet mit einer in Papier eingewickelten repräsentablen Topfpflanze, wurde Ulrich pünktlich zur verabredeten Zeit vom Hausherrn, dem Ehemann von Philine, eingelassen und mit einem kräftigen Händedruck, den man bei solch einem großen massigen Menschen auch befürchtet, begrüßt. Die Ehefrau, einen Schritt dahinter, stellte den Gast als einen an Literatur interessierten ehemaligen Mitarbeiter an ihrer Schule vor, einen Kollegen, der in der Physik tätig gewesen sei, mit dem sie sich trotz der unterschiedlichen Fächer besonders gut verstanden habe. Leider habe jener, der Ulrich, ein paar Jahre, bevor wir uns kennenlernten, unsere Schule verlassen. Und sie fügte noch an, dass alle an der Schule Tätigen sich ohne Ansehen des Ranges mit Vornamen angeredet hätten.

Der Hausherr bot bei diesen Worten, noch auf dem Flur stehend an, diese Gewohnheit, das Duzen, beizubehalten, und ohne sich wehren zu können, im nächsten Moment, wurde Ulrich nun von beiden Gastgebern beim Vornamen genannt und auch energisch aufgefordert, es ihnen gleich zu tun und den Familienvorstand mit Harald anzusprechen. Man nahm Platz am Wohnzimmertisch, man trank einen Schluck Sekt und Harald erzählte dem Gast, womit er sein Brot verdient habe; dass er etliche Jahre als Angestellter in einer Firma tätig gewesen sei; veredelte Stähle, Antriebsketten und ähnliches habe man vertrieben. Er habe den Mut gehabt, sich in dieser Branche selbständig zu machen.

»Dieser Mut hat sich ausgezahlt«, erzählte er, »ich war fleißig, mit meiner Firma ist es stetig voran gegangen, sodass ich schließlich, als ich mich zur Ruhe setzte, diese meine Firma sehr günstig verkaufen konnte. Ich bin dadurch nicht ärmer geworden«, fügte er kokett hinzu. »Auf alle Fälle, unser Lebensabend ist gesichert.«

Seine Ehefrau, Philine, hörte sich die Ausführungen ihres Mannes, ohne eine Miene zu verziehen, geduldig an – vermutlich waren solche Erzählungen für sie nicht gänzlich neu – einmal allerdings, als Ulrich beim Nachfüllen des Getränks zu ihr hinüber sah, verdrehte sie ein wenig die Augen.

Was ist aus ihr geworden, dachte er und erinnerte sich an die langen Diskussionen mit ihr und der gelehrigen, neugierigen

Schülerin Patricia über Literatur, Primzahlen, Gravitation und so manches andere was die Welt bewegt.

Arme Philine! Im Laufe des Abends erzählte Harald dann auch noch von seiner Geldquelle in dem schönen Bundesland Mecklenburg-Vorpommern. Er habe dort im Norden nach der Wende ein Haus geerbt mit Grund und Boden. Das Land habe er günstig verkauft – versteht sich, dachte Ulrich – das Haus abgerissen und neu hingestellt, nun vermietet. »Wie hoch ist die monatliche Miete, Line«, fragte er seine Ehefrau, »sind es 500 oder 580 Euro. Wir haben ja kürzlich die Miete erhöht, du bist ja zuständig für diese Dinge«, sprach er seine Frau an.

»Wie hoch haben wir damals gewonnen«, fragen manche Sportler ihre Mannschaftskollegen, wenn sie im Kreise von Gleichgesinnten über alte Zeiten reden, mit Erfolgen prahlen und ihren Aussagen auf diese Weise mehr Gewicht verleihen wollen.

»Wie teuer, Line, war eigentlich noch unsere letzte Kreuzfahrt«, fragte er später beiläufig seine Partnerin und benutzte erneut diese in Ulrichs Ohren unschöne Kurzform ihres Namens.

Arme Philine! Dein Mann ist ein rechter Holzkopf, dachte der Zuhörer, als sie etwas später am Abend gemeinsam zu klären versuchten, ob der Zustand, sich innerhalb eines gewissen finanziellen Rahmens fast alles leisten zu können, den betreffenden Menschen glücklich macht.

»Auf Dauer glücklich?« Das schloss Ulrich kategorisch aus. Zufrieden, für kurze Zeit, bot er an; Harald jedoch meinte, mit einer gefüllten Geldbörse dauerhaft das Glücklichsein erreichen zu können.

Der eingeladene Gast ertappte sich im Laufe des Abends mehrfach dabei, vor den Ohren seiner ehemaligen Lebenspartnerin mit dem prahlenden Harald mithalten zu wollen. Aber er unterließ den Versuch seine wirtschaftliche Lage schön zu reden, wohl wissend, dass seine Altersversorgung im Vergleich zu einem wirtschaftlichen Schwergewicht wie seinem Gastgeber eher kümmerlich war.

Die kleine Erbschaft von seiner Mutter, jene war einige Jahren vor seiner Pensionierung, noch zu DM- Zeiten verstorben, war kaum der Rede wert. Denn von ihrem Ersparten war nach Pflegeheim, Beerdigung und Beteiligung seiner Schwester, die fern ihrer Geburtsstadt mit Nachdruck – ihr ginge es finanziell schlecht – darauf gepocht hatte, bedacht zu werden, nur wenig übrig geblieben.

Vieles von dieser Zusammenkunft, vieles von den Gesprächen, war Ulrich abends im Bett liegend, bereits entfallen. Woran erinnerte er sich? Über ihre derzeitige Lektüre hatten sie geredet und glücklicherweise war ihm im Gespräch die Nobelpreisträgerin Alice Munro und deren Erzählung »Zu viel Glück« eingefallen. Er hatte sie und die Autorin dann auch erwähnt; seinem Gastgeber Harald hatte er den Grund erklärt: Sie handele von Sofia Kowalewskaja, einer berühmten russischen Mathematikerin des frühen 19. Jahrhunderts, über die sie sich, Philine und er, vor Jahrzehnten intensiv unterhalten hätten.

Harald hatte meistens geschwiegen, hin und wieder Wein nachgeschenkt und seiner Ehefrau mit deutlicher Bewunderung zugehört, als sie mit geschickter Wortwahl von ihrem derzeitigen Lesestoff erzählte. »Nachtzug nach Lissabon« lese sie gerade, ein Roman sei das über einen hochgebildeten Lehrer, einen Altphilologen, der spontan seine Alltagspflichten aufkündigt und wie der Titel es vermuten lässt, mit der Eisenbahn nach Lissabon reist. Mathematik kommt in dieser einseitigen, hochmütigen Gedankenwelt nicht vor, hatte er bei Philines kurzer Inhaltsangabe des vorläufig von ihr Gelesenen gedacht.

Beim Abschied hatte man sich auf die Wange geküsst; kurz vor dem Einschlafen erinnerte er sich daran, welch angenehmes

Gefühl es ihm bereitete, beim Abschied mit der Hand über Philines weichen Rücken zu streichen.

Eine Woche später verabredeten die beiden ehemaligen Kollegen telefonisch ein weiteres Treffen.

Sie hatte Ulrich angerufen und ihm vorgeworfen, auf ihre Mail nicht reagiert zu haben. »Ich bin ein altmodischer Rentner, ich kontrolliere nur selten mein Gerät, du musst schon anderweitig mit mir in Verbindung treten, wenn du etwas von mir willst.« »Ich will dich wiedersehen«, hatte sie gesagt.

Sie trafen sich an einer von ihm genannten U-Bahnstation, die nur wenige hundert Meter von seiner Wohnung entfernt lag. Beide wussten, was passieren würde; ohne zu zögern, ohne dass sie viele Worte wechselten, betraten sie sein Wohnhaus, gingen die Treppen hinauf. Er schloss die Wohnungstür auf, sie traten ein, er bot ihr einen Schluck Wasser an, als sie gemeinsam in seine Küche traten. Wie selbstverständlich durchstreifte sie seine Wohnung, vermerkte, dass er sich gegenüber früheren Jahren verbessert habe und beendete ihre Besichtigungstour in dem Zimmer, dass sie für sein Schlafzimmer hielt. In der Tat stand hier ein großes bequemes Bett, es war das Bett, welches sämtliche Umzüge bereitwillig mitgemacht hatte, welches ihr von früher her durchaus bekannt sein musste.

»Er stürzte sich in ihre bereiten Arme, an ihre voluminöse weibliche Brust, die noch nie, wie von der Natur vorgesehen, genutzt worden war und – war geborgen.« So hätte dies Zusammentreffen weiter ablaufen können.

Stattdessen: Ohne Worte zu verlieren entkleideten sich beide, körperliche Mängel übersah man bei der Schnelligkeit der Bewegungen; ohne viele Worte zu verlieren landeten sie nebeneinander unter der Bettdecke leicht fröstelnd, aber geborgen in jenem Bett, dem ansehnlichen Ergebnis seiner einst sorgfältig ausgeführten Handwerkertätigkei. Philine und unser Held Ulrich hatten sich wiedergefunden. Aber keinem der beiden gelang es, bei sich und dem Anderen Leidenschaft zu entfachen, denn der Blick wird kritischer im Alter und die Hemmschwelle wächst in die Höhe, wird schier unüberwindlich mit den Lebensjahren. Man redet; worüber redet man? Manches spricht man an: Weltpolitik, Lokalpolitik, Umwelt, Lektüre, Sport, Gesundheit, Beruf.

Überraschenderweise kamen die beiden Schulveteranen auf die Schulpolitik ihrer Heimatstadt zu sprechen: Die Lehrerin, sie hatte gerne die Vorzüge der heilen Welt eines Gymnasiums in gediegener Wohngegend während ihrer Berufstätigkeit genossen, war eine entschiedene Befürworterin einer Schule für alle. Leidenschaftlich beklagte sie, obwohl momentan in behaglichster Lage, mit lauter Stimme, die Ungerechtigkeiten der Welt und speziell im deutschen Schulwesen, Unrecht, das mit einer »anderen« Schule verringert, wenn nicht sogar vermieden werden könnte.

Ihr Bettgenosse wiederum, trotz seiner eigenen Misserfolge, seines eigenen häufigen Scheiterns, wünschte sich eine strengere Auslese, sprach von mehr Leistungsdruck, mehr Gewicht auf Wissensaneignung, um den Härten und der Auslese im Berufsalltag besser gewachsen zu sein. Er erwähnte Berthold Brecht, das Idol und den Guru aller fortschrittlicher Deutschlehrer, so drückte er sich aus, der seines Wissens sich in dieser Form geäußert habe.

Bei solcher Art Gespräch war die Menge an Leidenschaft, die anderweitig nötig gewesen wäre, kräftig zusammengeschmolzen. Die körperliche Nähe wurde schließlich nur noch genutzt, um sich gegenseitig Befindlichkeiten zu beichten; Philine klagte über ihren Ehemann, seine so sehr fehlende Sensibilität und seine Protzerei, Ulrichs Beiträge befassten sich mit seiner Gesundheit, genauer, er beschrieb seine körperlichen Mängel.

Ausführlich schilderte er seine Gebrechen, die sich bei seinen sportlichen Aktivitäten immer öfter, immer deutlicher bemerkbar machten. Seine Gelenke seien seine Sorgenkinder, sein Missmut, seine Übellaunigkeit auch von ihm selbst nur schwer zu ertragen. Das Leben als alternder Mensch sei langweilig, weil der Antrieb, häufig hervorgerufen durch Eroberungsgelüste beim anderen Geschlecht, ihm fast völlig abhanden gekommen sei.

Bei diesen Gesprächen war es wenig verwunderlich, dass sich beide einvernehmlich erhoben und wieder ankleideten.

Was folgte? Eindringlich, ausdauernd und tröstend redete Ulrich auf seine Partnerin ein, denn sie haderte mit sich, weil sie diesen sexuellen Fehlversuch ausschließlich sich und ihren fehlenden weiblichen Reizen zuschrieb.

Bei diesen Gesprächen bemerkte Ulrich, es war tatsächlich das erste mal, wie wenig selbstbewusst seine langjährige Lebenspartnerin Philine sich präsentierte und auch anklagte; mit Erschrecken beobachtete er, dass es der häufig einschüchternden Lehrerin nicht gelang, diesen Mangel mit ihren weiteren Ausführungen, mit forscher Eloquenz zu verbergen. Hatte ihr Ehepartner, wodurch auch immer, bei ihr eine solche Veränderung herbeigeführt oder hatte er, Ulrich, sie in früheren Jahren so gänzlich falsch eingeschätzt.

Sie gingen auseinander. Beide bekräftigten den Entschluss, sich demnächst wieder zu sehen; ein aufmerksamer Zuschauer konnte erkennen, dass beide an die Durchführung dieses Planes nicht so recht glaubten. »Ein gemütlicher Fernsehabend liegt vor mir«, so Philine mit Ironie; »kein Tag darf vergehen, ohne eine Zeile«, so Ulrich ernsthaft, aber mehrdeutig wie das Orakel von Delphi.

Kapitel 9

Was wäre geschehen, fragte Ulrich einst, wir erinnern uns, wenn er zu dem einen oder anderen Zeitpunkt, einen ganz anderen Weg eingeschlagen hätte. Wir können ihm diese Frage weiterhin nicht beantworten, damals begannen wir stattdessen, sein Leben und seine Tätigkeiten, von früher Jugend an, aufzuschreiben. Dabei passierten wir kommentarlos Weggabelungen und mögliche Wendepunkte, bis wir schließlich erzählend, schreibend, wieder in der Gegenwart anlangten.

Nun ist erneut eine Weggabelung in Sicht!

Und doch, zur Überraschung all derjenigen, die das Geschehen aufmerksam verfolgen, kam es recht bald zu einem erneuten Wiedersehen der beiden ehemaligen Kollegen. Der Grund war ein Ereignis, das sich in einer Stadt, knappe 700 km entfernt von Ulrichs Wohnort zugetragen hatte. Ein Todesfall, im Süden diesmal!

Wie damals hatte ein Telefonanruf die Geschichte eingeleitet. Ulrichs Schwester, so die Aussage einer weiblichen Person, in deutscher Sprache diesmal, habe man vor Ort mehrere Tage nicht mehr gesehen. Ob sie sich eventuell bei einem Besuch in ihrer Heimatstadt aufhalte? Man mache sich Sorgen.

Auch Ulrich sorgte sich, denn er musste die gestellte Frage verneinen. Wenige Stunden später erfuhr er die schreckliche Wahrheit.

Man habe seine Schwester, teilte ihm eine Freundin der Vermissten mit, tot in ihrer Wohnung aufgefunden. Der Anruf bei der dortigen Polizei bestätigte diese Mitteilung, lieferte Einzelheiten: Die Tür habe man aufgebrochen, ein Suizid, Frau R. habe sich erhängt, berichtete der Beamte. Das Unglück, dieser schreckliche Schicksalsschlag, tue ihm sehr leid; in die

Menschen könne man nicht hineinsehen, fügte er noch an, als der Bruder hilflos herum stammelte.

Was folgt? Man sucht das Gespräch mit Freunden. Und Philine war sofort bereit, diesen Dienst an der Freundschaft zu leisten. Nach dem Essen, nachdem man sich gesättigt bequem zurückgelehnt hat, beginnt zunächst die Suche nach dem Auslöser und darauffolgend die nach einer Erklärung solch einer erschreckenden Tat. »Ich habe ja oft mit ihr telefoniert, nie hat sie so etwas angedeutet«, erzählte Ulrich im Gespräch mit Philine, »allerdings – ›was soll mit mir noch werden‹ – war eine von ihr häufig gestellte Frage.«

»Gleichmut ist die Tugend nur der Athleten«, zitierte Philine, nachdem der Bruder einiges über seine Schwester, Witwenschaft, ungewollte Kinderlosigkeit, wirtschaftliche Sicherheit, Einsamkeit, Alter, erzählt hatte.

»Dieser Gleichmut ging ihr wohl ab, deiner Schwester, sogar der Lebensmut war ihr abhandengekommen«, interpretierte die zitatenfeste Lehrerin in strengem, vorwurfsvollem Tonfall.

Und Ulrich? Er hatte diese schöne Textzeile kürzlich zufällig in einer bildungsbürgerlich eingefärbten Todesanzeige gelesen; er konnte sie zuordnen; er konnte antworten:

»Diese Erkenntnis, die einer ausgesprochen hat, der einige Jahre später, im Jahre 1811, seine des Lebens überdrüssige Begleiterin und sich selbst aus dem Leben schoss, passt hier doch überhaupt nicht. Es sind doch nicht die ›Schläge, die der Mensch erträgt oder auch nicht‹. Das Älterwerden ist doch kein Schicksalsschlag. Es war doch eher der Lebensüberdruss, der zu der Selbsttötung geführt hat, denke ich. Man erwartet nichts mehr vom Leben, von sich selbst. Was soll noch kommen, außer gegebenenfalls Langeweile, Krankheit.«

»Du hast zugelegt, du hast dich verbessert in der langen Zwischenzeit, man muss es aussprechen«, äußerte seine Gesprächspartnerin in dem anerkennenden Tonfall, den sie bei

Gesprächen über mündliche Zensuren, früher mit Oberstufenschülern, vermutlich auch gewählt hätte.

»Diese Gespräche, die wir hier führen, sind eine richtige Epedemie oder Epidemie«, fragte Ulrich, »ich habe immer Probleme mit den Fremdwörtern.«

Wie sich die Ereignisse wiederholen! Wie damals, jedoch ohne die Hoffnung auf einen günstigen Ausgang, machte sich Ulrich einige Tage später, die Eisenbahn war wiederum das Transportmittel, auf den Weg, um Ordnung zu schaffen im fernen Südwesten. Nicht eilig in der Nacht; ohne Zeitdruck bestieg er am frühen Vormittag den Zug und erreichte nach mehrmaligem Umsteigen am frühen Abend sein Reiseziel. Eine Freundin der Schwester holte ihn in der Dunkelheit am Bahnhof ab, kutschierte ihn zum Wohnhaus der Verstorbenen und händigte ihm den Wohnungsschlüssel aus, den sie noch eben vor Büroschluss sich bei der Polizei unter Mühen besorgt hatte. Während Ulrich in der Wohnung nur kurz sein Gepäck ablegte – für die Zeit seines Aufenthalts in der fremden Stadt hatte er sie als Schlafplatz gewählt – wartete die hilfreiche Freundin vor der Haustür auf ihn.

Sie könne die Stätte einer solch schrecklichen Tat so kurz danach keineswegs betreten, begründete sie ihre Weigerung.

Gemeinsam suchten sie ein in der Nähe gelegenes Lokal auf. Worüber redet man dann in solch einer Situation, nach so einem Schreckensereignis? Die Regel, die man einst im Lateinunterricht auswendig lernte, die Aussage, wenn überhaupt, über Tote nur Gutes, Lobenswertes zu äußern, wird selten befolgt. So auch hier: Sie sei eine Egoistin gewesen; bezeichnend sei diese gewählte Entscheidung, rücksichtslos dieses Handeln. Die Freundin, voller Empörung, berichtete von Erlebnissen während der letzten gemeinsamen Reise nach Italien, von nicht gerechtfertigten Vorwürfen, von einem Verhalten der Reisegenossin, das kaum erträglich gewesen sei.

Etwas Abstand müsse sie gewinnen, habe sie voller Zorn damals nach ihrer Rückkehr zu ihrer Tochter geäußert; das Verhältnis zu der Reisegenossin und einstigen Freundin sei danach schwer gestört gewesen. Und nun noch diese schreckliche Tat.

So sprachen die beiden, der Bruder und die Freundin der Selbstmörderin, bei einer Tasse Kaffee und einem Stück Torte. Im Laufe des Abends wandten sich die beiden Kaffeetrinker auch anderen Themen zu, sie erzählten, da sich beide nur von flüchtigem Sehen kannten, von ihren beruflichen Tätigkeiten, ihren Lebensläufen, ihren Werdegängen. Ulrich, der von seiner Gesprächspartnerin wusste, dass sie eine Apotheke besessen und geleitet hatte, widerstand der Versuchung, sein bisheriges Leben zu beschönigen. Denn er wollte es der Apothekerin leicht machen, ihn realistisch einzuschätzen. So erzählte er freimütig von seinen vielen Fehlschlägen, auch davon, dass er bis zuletzt, bis zu seiner Pensionierung, aufeinander folgend an zwei sehr verschiedenen Schulen als Laborant beruflich tätig gewesen sei. Mit dieser Vorgeschichte wurde er offensichtlich als Schulkenner akzeptiert, sodass Anja, den Namen hatte er im Laufe des Abends erfahren, nachdem er den Vorschlag gemacht hatte, sich zu duzen, ihm leutselig von ihrer eigenen Schullaufbahn und der ihrer Tochter erzählte.

Mit solchen Gesprächen verstrichen in angenehmer Umgebung die Abendstunden wie im Fluge. Der Name der verstorbenen Schwester, Irene, wurde kaum einmal ausgesprochen; damals, vor Jahren, in Südschweden, hatte der Tod des jüngeren Bruders deutlichere Spuren hinterlassen.

Als sie sich schließlich trennten, hatten sie sich bereits für den folgenden Tag verabredet; man wollte gemeinsam ein ihr bekanntes Beerdigungsunternehmen aufsuchen, um dort die Beisetzung der Verstorbenen zu organisieren.

Ulrich kehrte zurück in die nahe gelegene Wohnung seiner Schwester, während seine lobenswert hilfreiche neu gewonnene

Freundin sich mit dem Auto auf den Heimweg machte. Notdürftig war seine provisorische Schlafstätte auf einer Liege, unruhig war sein Schlaf in der fremden leeren Wohnung. Mehrfach wurde er wach im Laufe der Nacht, unausgeschlafen erhob er sich von seiner Schlafstätte und bereitete sich aus Mitgebrachtem und Vorgefundenem in der Küche sein Frühstück. Sehr zuverlässig klingelte Anja an dem verschlossenen Hauseingang, zügig fuhren sie gemeinsam zum ausgewählten, auch von der Polizei genannten Bestatter. Mit einer Angestellten besprach der Bruder die Beerdigung seiner Schwester, nachdem seine Chauffeurin sich wieder auf den Heimweg gemacht hatte.

Er entschied im Gespräch mit der Mitarbeiterin des ›Fachunternehmens für Bestattungen‹ alle Details: Feuerbestattung, den Friedhof, die Grabstelle, das Material der Urne und des Sarges, denn – Gewinnstreben oder Pietät – nur gebettet in einem Sarg, wird vor Ort der Leichnam den Flammen übergeben.

Offen blieb der Beerdigungstermin, Eile sei nicht geboten, könne der Leichnam doch problemlos mehrere Wochen gelagert werden.

Dies alles wurde festgelegt an diesem Vormittag; auch die Gesamtkosten kamen zur Sprache, etliche Unterschriften wurden geleistet, dann war er entlassen, der trauernde Bruder, gedankenvoll und hungrig.

Nachdem er in einem Lokal in der Nähe seiner Unterkunft – der Wohnung der Verstorbenen – sein Mittagessen eingenommen hatte, machte er sich mit Fleiß und Neugierde an die Sichtung der Korrespondenz und der Unterlagen seiner Schwester. Er entnahm ihnen nicht nur, dass er von ihr in einem handschriftlichen Testament zum Erben bestimmt worden war, sondern zusätzlich, dass dieses Erbe, sofern es nach Überprüfung durch das Amtsgericht gerichtsfest geworden war, ihn zu einem, in seinen Augen, recht vermögenden Menschen machen würde.

Weit verstreut zwar in vielen Schubladen, manches in Ordnern abgeheftet, manches lose nur hinein gelegt, entdeckte er Schriftstücke, durch die er, der unbedarfte Erbe, diese Erkenntnis gewann.

Seine Schwester, deren wirtschaftliche Situation er immer ganz anders eingeschätzt hatte, weil sie oft geklagt hatte, weil sie beim Tod der Mutter sehr resolut einen größeren Teil des Nachlasses für sich und ihren Ehepartner mit dem Hinweis auf ihre finanzielle Lage beanspruchte und auch bekommen hatte, seine Schwester war durchaus nicht unvermögend.

Die von ihr genutzte Wohnung war ihr Eigentum, eine weitere Wohnung hatte sie erfolgreich vermietet, auch Barvermögen war vorhanden. Er hatte gewusst, dass sie Eigentümerin ihrer Wohnung war; über deren Erwerb – nie hatte er sich darüber Gedanken gemacht – und den des übrigen Zugewinns wurde er beim Lesen der verstreuten Schriftstücke aufgeklärt: Die Familie seines, Ulrichs, Schwagers hatte bei Berlin aus der Vorkriegszeit zwei größere Grundstücke besessen, deren Besitz die vier Nachkommen nach der Wende 1989 mit Geschick, Glück und Beziehungen zurück erlangt hatten. Nach dem erfolgreichen Verkauf, Bauland war in und bei Berlin sehr nachgefragt, wurde der nicht geringe Erlös unter den vier Nachkommen aufgeteilt.

Will man Genaueres wissen?

Nur soviel! Die Rückführung der Grundstücke in die Hände der ehemaligen Besitzer gelang, obwohl der Grund und Boden, um den es ging, in der DDR bereits in Volkseigentum übergegangen war. Und die Grundstücke – man befürchtete illegale Hausbesetzer – konnten zügig verkauft werden, weil deren Bewohner, die gab es, mit Geldgaben überredet, auch überzeugt wurden, das von ihnen genutzte, dort gelegene Wohnhaus frei zu räumen.

Der Bruder der Verstorbenen, der Erbe, kümmerte sich nun

mit Fleiß um die ihm zugefallene Hinterlassenschaft. »Eine Woche oder mehr wird nötig sein, um alle Dinge vor Ort zu erledigen«, plante Ulrich, »frühestens nächste Woche werde ich zuhause mein normales Leben wieder aufnehmen können«, folgerte er. So verschob er kurzerhand seinen Lebensmittelpunkt in die fremde Stadt, indem er sich in der leer stehenden Wohnung seiner Schwester niederließ. Behördengänge und ähnliches seien auf diese Weise am besten zu erledigen; aber seiner Heimatstadt würde er nie Adieu sagen, erklärte er der besorgt nachfragenden Philine.

So kam es, dass unser Protagonist in dem neuen Umfeld, das ihm im Laufe der Zeit immer vertrauter wurde, mit viel Bedacht und ohne Zeitdruck, die nötigen Gänge durchführen konnte.

Die Polizei und das Amtsgericht waren die Adressen, die er aufsuchte: Zunächst die Polizei, denn die hatte ihn zu sich bestellt; jene händigte ihm einige Wertgegenstände aus, die sie, nachdem sie die Wohnung seiner Schwester gewaltsam geöffnet, sicher gestellt hatte. Ein Hoch den ehrlichen Beamten in unserem Rechtsstaat, wie wohltuend unterscheiden sie sich von denjenigen einer Bananenrepublik, hatte der Erbe gedacht, als er die Gegenstände, von denen er nichts gewusst hatte, in Empfang genommen hatte. Und auch den Gang zum Amtsgericht, wo er das Testament hinterlegte, brachte er schnell hinter sich; alles weitere erforderte Geduld.

Wie damals, vor vielen Jahrzehnten, bemühte sich eine weibliche Person, die Freundin seiner Schwester, dem trauernden Bruder die Zeit zu vertreiben. Aber: Gleichmut, manchmal geradezu Gleichgültigkeit, ist nicht nur die Tugend der Athleten, sondern auch die des alternden Mannes!

Das angrenzende Zeitintervall war, objektiv gemessen, sehr lang. Denn die Behördenmühlen mahlen sorgfältig aber sehr langsam. Aber auch subjektiv betrachtet, war dieser Zeitraum für Ulrich kaum weniger kurz, denn er war angefüllt mit vielen Ereignissen. Zunächst war da die Bestattung der Schwester mit katholischer Zeremonie, dann seine Übersiedlung nun endgültig – Philine hatte beim Abschied in der Heimatstadt Tränen in den Augen – in den Sterbeort seiner Schwester, in deren ehemalige Wohnung. Dann folgte schließlich die Zustellung des Erbscheins und der Bescheid über die Erbschaftssteuer.

Greifen wir die Beerdigung der Schwester heraus. Was gäbe es darüber zu berichten?

Sie fand zu Beginn des gerade angebrochenen neuen Jahres statt, morgens auf dem Friedhof des Ortes, in dem sie die letzten Jahrzehnte gelebt und in dem sie aus dem Leben geschieden war. Anders als seinerzeit beim Tod des kleinen Bruders wurde die Zeremonie in der Kapelle von einem Geistlichen katholischen Glaubens geleitet. Der Pfarrer, Ulrich hatte ihn mit einigen Daten und Ereignissen ausgestattet, informierte die Trauergäste über das Leben der Verstorbenen. Man betete, man sang. Der Bruder, als engster Betroffener, hatte in der ersten Reihe Platz genommen, hinter ihm, im Kirchenschiff verstreut, saßen die übrigen Trauernden, die ihm durchweg unbekannt waren. Eine merkwürdig anzusehende Situation. Schließlich endete die Zeremonie; der Pfarrer schritt voran, Ulrich und die übrigen Trauergäste folgten, und in einem langgestreckten, lockeren Zug verließen alle das Gebäude. Es ging hinaus in den strömenden Regen, die dunkel gekleidete Herde folgte, Schirme wurden aufgeklappt. Nur Pfarrer und Urnenträger, dieser einen Schritt zurück, stapften ungeschützt der Begräbnisstätte entgegen. Während des gesamten Marsches vernahm Ulrich, der vorangehend den beiden folgte, den Sprechgesang des Geistlichen; Texte, die er nur unzureichend, auch des heulenden Windes wegen, verstand, unzusammenhängend teilweise. Er folgte und lauschte; ein wenig bewunderte er den Pfarrer, der, nachdem der Träger der Urne jene mit zwei Stricken in die vom Bestatter vorbereitete Grube gesenkt hatte, auch noch seine Kopfbedeckung abnahm und barhäuptig die bekannten Worte – Asche zu Asche – sprach.

Man streute ein wenig Sand auf die versenkte Urne, stellte sich auf, nahm den Händedruck der Trauergäste entgegen, die Sonne kam hinter den Wolken hervor, die Zeremonie war beendet.

Der heitere Teil einer Bestattung folgt meistens beim anschließenden Umtrunk.Man spricht als nächster Angehöriger der Verstorbenen einleitende Worte, die Trauergäste machen sich bekannt, entschlüsseln ihre Beziehung zur Verstorbenen, greifen zu den angebotenen Speisen und Getränken, und häufig wird es dann recht gesellig. Man spricht über das schreckliche Ereignis, Psychologen deuten manch frühere Geschehnisse und stellen Zusammenhänge her, gerne erinnert man sich.

Denn den vielen überwiegend älteren Menschen, die der Grablegung eines Altersgenossen beiwohnen, ist solch ein Ereignis kein Neuland, kaum eine Träne fließt und die anfänglich betroffen aussehenden Gesichter wandeln sich recht schnell zurück in Alltagsantlitze.

Schließlich endet der Vormittag, alle begeben sich erschöpft auf den Heimweg.

Kapitel 10

Eine schnelle Aufeinanderfolge bedeutsamer Ereignisse! Sollte man zu diesem Zeitpunkt nicht eine Pause einlegen? Auch um nachzufragen: Ulrichs Schreibversuche – von Philine initiiert und von bescheidener Aussagekraft, müssen wir eingestehen – was ist aus ihnen geworden?

Nun, Ulrich hat durchaus beständig, nachlesbar, sein Leben begleitet:

Kurze Zeit träumte ich zu diesem Zeitpunkt davon, für meinen weiteren, den restlichen Lebensweg, eine ganz neue Richtung einzuschlagen und ein diffuses, noch unbekanntes neues Ziel anzusteuern. Diesen Traum schob ich dann ganz schnell beiseite, weil ich diese große Veränderung fürchtete. Warum sollte ich nicht den Geschehnissen ihren Lauf lassen, vor Ort verbleiben und mich in der Wohnung meiner Schwester niederlassen? Anja, die Apothekerin, meine bisherige Hilfe in vielen Lebenslagen – vielleicht wäre sie bereit, ihr Leben mit dem meinigen zu verbinden.

Nun, wir haben diesen Plan gemeinsam besprochen: Größere Zufriedenheit, häufiger Gefühle des Glücks, beides hervorgerufen durch diese Verbindung, erwarten wir nicht. Bequemer würde es werden für alle Beteiligten, weniger einsam; gemeinsam könnte man den Abend verbringen, auf Reisen gehen, gegebenenfalls erwacht gelegentlich die Leidenschaft. Zu wenig all dies, stellen wir fest, in unserem Alter erwartet man mehr.

Oder sollte ich in meine Heimatstadt zurückkehren? Das wäre nur eine kleine Richtungsänderung. Philine, bin ich sicher, würde sich freuen. Denn nicht jede Ehefrau hat im vorgerückten Alter einen Hausfreund, auf den sie in der Not zurückgreifen kann, wenn in der Ehe einiges zu Ende geht oder die Gesprächsthemen ausgehen, weil der Ehemann ein Langweiler ist. Das sprach sie aus; denn das war er in den Augen der ehemaligen Lehrerin, weil er so wenig zu begeistern war für Literatur oder für ihre Schulfächer, weil er in Gesellschaft beständig über seine angehäuften Reichtümer schwadronierte.

Aber was spränge für mich dabei heraus?

Philine, der Abschied von dir wird mir schwer fallen, er wird mir sicherlich misslingen.

Kapitel 11

Sollte nun doch mein Traum Wirklichkeit werden? Mein neuer Lebensmittelpunkt, zum Abspulen des Lebensrestes, liegt nun in Oberbayern, genauer in einem Bauernhaus, gelegen an der Landstraße, die die Bundesstraße Nr. 299 und Nr. 20 mit den Endpunkten Trostberg an der Alz und Burghausen an der Salzach verbindet. Es ist jenes Haus, welches, ausgezeichnet durch einen davorstehenden großen Nussbaum, ich schon häufiger wahr genommen hatte, wenn ich von Westen kommend, meine alte Schulstadt, die zu Füßen der langgestreckten Burg an der Salzach liegt, besuchte, um Erinnerungen aufzufrischen. Es wurde schon lange zum Verkauf angeboten.

Ich hatte das unbewohnte Anwesen früher schon mal neugierig umrundet; vor kurzem aber habe ich, bereit zu neuen Taten, der Winter hatte sich gerade verabschiedet, genauer hingeschaut: Das Wohnhaus, ein langgestrecktes Gebäude, die Längsfront parallel zur Straße, auf einer kleinen Anhöhe gelegen, mit rechteckigem Grundriss. Die Außenmauern waren hell verputzt, das Dach mit roten Tonpfannen abgedeckt. Die Fensteröffnungen waren klein, wie es für die Bauernhäuser im Südosten Bayerns typisch ist; allesamt von gleicher Größe, schmückten sie durch ihre regelmäßige Anordnung die Vorderfront. Dieses Haus habe ich erworben.

Man wird die Fenster erneuern müssen, dachte ich, als ich mich langsam auf der schräg aufwärts angelegten Zufahrt, den Hügel hinauf, dem Gebäude näherte. Man wird einiges erneuern müssen, erkannte ich nun, als ich das Anwesen erneut umrundete und mit verständlichem Stolz mein Eigentum inspizierte. Auf der Rückseite, wo ich mich zunächst aufhielt, weil der Vorbesitzer mir zum Besichtigen zunächst nur den Schlüssel der hinteren Eingangstür ausgehändigt hatte, stand dicht an der Wand ein wild wuchernder Holunderbaum, ein schon lange nicht mehr gestutzter Fliederbusch und etwas weiter vom Hause entfernt, ein auf Grund seiner Größe eindrucksvoller Apfelbaum. Auch der kleine, eingezäunte Gemüsegarten, den man bei Bauernhäusern sehr oft antrifft, befand sich, naturgemäß in völlig verwildertem Zustand, auf der hinteren Seite des Hauses.

Dort, an der rückwärtigen Außenwand, war im ersten Stockwerk, vom vorspringenden Dach geschützt, ein hölzener Balkon angebracht. Er war etwa 5 Meter lang; vom Hausinneren gab es einen mit einer Tür verschlossenen Zugang.

Wurde auf einem ähnlichen Holzbalkon nicht Obst getrocknet, damals in meiner Jugend, die ich, von meinem neuen Wohnsitz gar nicht so weit entfernt, etliche Jahre verbracht hatte? Das defekte Geländer von heute hatte seinerzeit gänzlich gefehlt; günstig war das gewesen, denn dort auf der Gebäudesüdseite in etlichen schattenlose Stunden, konnte man die Sommersonne nutzen.

Ohne es verhindern zu können, schweiften meine Gedanken ab. Das Plumpsklo! Wo war es? Wo war das von früher her bekannte Häuschen?

Anders als erwartet, fand ich dann im Innern des Hauses die gesuchte Toilette. Der Fortschritt ist nicht aufzuhalten, dachte ich und hoffte, dass das von dort in die Außenwelt führende Rohr die Toilette mit der bereits entdeckten Sickergrube verknüpfte.

Hatte ich mir beim Kauf und der Renovierung dieses Bauernhauses zu viel zugemutet?

Ich wollte diese mir selbst aufgebürdete Aufgabe erfüllen. Diese Beschäftigung, mit der ich das letzte Lebensintervall füllen wollte, vor der ich mich fürchtete, weil ich das Versagen fürchtete; sie reizte mich über die Maßen.

Nun war ich schon wochenlang mit meinem neuen Lebenswerk beschäftigt. Fortschritte waren unübersehbar: Neue Fenster waren eingesetzt, das Dach frisch eingedeckt, eine Heizung gänzlich neu eingebaut, drei Toiletten im Haus installiert und sämtliche Abwasserleitungen mit der alten, jedoch vergrößerten und verbesserten Sickergrube verbunden.

Umfangreiche handwerkliche Tätigkeiten hatte ich in Anspruch genommen, aber auch immerfort mit Hand angelegt; vieles hatte ich dazugelernt.

Um dem Volksmund teilweise gerecht zu werden, pflanzte ich sogar einen zusätzlichen Apfelbaum, sodass ich Hausbau, Baumpflanzung vorweisen und nur der letzten Anforderung – Nachwuchs zu zeugen – umständehalber nicht nachkommen konnte.

Gründe für dieses Versagen oder sollte man nur von Regelmissachtung reden, gäbe es viele, müßig, darüber zu reden.

Der Umbau des alten Hofes ging in meinen Augen zügig voran; die Stimmungssenke, verursacht von der nur kurze Zeit zurückliegenden neuerlichen Beerdigung, wurde schneller durchschritten als die damalige vor mehr als fünfzig Jahren. In Mußestunden kam Optimismus auf, sodass ich beim Betrachten der letzten Jahre eine Gesetzmäßigkeit zu erkennen meinte: Sollten nicht vielleicht – vorsichtig formuliert – die fortlaufenden Übergänge von Lebenszuständen in andere, manchmal schon früh erkennbar bessere Lebensumstände, sollten diese Übergänge, sofern man tätig bleibt, nicht beständig schrittweise zu einem Zustand führen, der dem idealen näher liegt?

Schon damals, beim Hauskauf, also vor einigen Monaten, noch in gedrückter Stimmung, waren mir ähnliche Gedanken gekommen; mein Leben strebe, ohne eigenen Einfluss auf die Richtung, einem Punkt, einem Fixpunkt, entgegen.

Später hatte ich gefolgert, dass aus dem Fixpunkt, ein Begriff, den ich aus meiner Beschäftigung mit Mathematik kannte, vielleicht der optimale Zustand werden könnte. Optimaler Zustand? Für mich, für die Gesellschaft?

Dieser Frage bin ich nicht nachgegangen.

Später dann, wenn ich mal nachts wach lag, allein in meinem großen Haus, dann hat mich hin und wieder Angst überfallen. Ich hatte Angst davor, meiner neuen Lebensaufgabe nicht gewachsen zu sein, nicht durchzuhalten, die Hände frühzeitig in den Schoß zu legen – weswegen auch immer.

Mir scheint, an dieser Stelle könnte ein kleiner Exkurs in die Mathematik, mein Betätigungsfeld vor vielen Jahren, für den Leser hilfreich sein.

Mit Lösungsverfahren von Gleichungen höheren Grades hatte ich mich damals im Studium und auch später noch in meiner Freizeit beschäftigt. Dabei gelingt es mit der Anwendung der sogenannten Fixpunktsätze, es gibt einige, benannt nach z.B. Banach, Brouwer, Schauder, bei bestimmten Voraussetzungen, die zu nennen zu weit führen würde, sich iterativ, d.h. schrittweise, den exakten Lösungen von Gleichungen anzunähern. Man erhält auf diese Weise eine Folge von Näherungswerten, deren Abstände zu dem gesuchten Fixpunkt kleiner und kleiner werden, die in der Regel jedoch immer nur Näherungen bleiben, auch weil die gesuchte Lösungszahl häufig keine rationale Zahl ist mit nur endlich vielen Nachkommastellen. Parallel zur schrittweisen Annäherung an den Fixpunkt liefert die angewandte Mathematik meistens zusätzlich eine Abschätzung des Fehlers; man erhält Intervalle auf der Zahlengeraden oder Kreise in der komplexen Zahlenebene, die bei den Iterationsschritten beständig kleiner werden, in denen, in deren Grenzen, irgendwo aber immer die gesuchte Lösung liegt.

So einem Fixpunkt glaubte ich nun in meinem Leben auf ähnliche Weise, also in Einzelschritten, entgegen zu streben. Ich hoffte, nein ich erwartete, dass die beständigen Übergänge eines Lebenszustandes in einen weiteren, möglichen Zustand schließlich in den optimalen einmünden würden, mathematisch korrekter, diesem optimalen Zustand ganz nahe kämen.

Wobei man auf eine Fehlerabschätzung, der man die Nähe entnehmen könnte, anders als in der numerischen Mathematik, verzichten muss, durchaus auch verzichten kann.

Wer ist nicht misstrauisch gegenüber solcher Art Lebenshilfe? Reduzieren wir unsere Ansprüche an unseren Lebensablauf. Formulieren wir schlichter: Vieles, vielleicht auch alles, wird sich zum Besseren wenden; Stockung, Unterbrechung auf dem Wege dorthin, die gibt es. Die muss man ertragen, denn, wie leicht kann man sich verrechnen bei den einzelnen Iterationsschritten.

Es traten nämlich Stockungen auf. Den ersehnten zwischenzeitlichen Traumzustand erreichte ich immer seltener. Sicher, die handwerkliche Beschäftigung schaffte Befriedigung, aber wenn ich abends am Küchentisch saß und den Tag überdachte, bemerkte ich meine Einsamkeit. Und hin und wieder, dann immer häufiger, fragte ich mich, womit ich mich nach der Instandsetzung des Hauses anschließend beschäftigen würde. Mir wurde bewusst, dass Wochen verstrichen, in denen ich kaum mit einem Menschen gesprochen hatte.

So kam es, dass ich eines Nachmittags Hammer und Meißel aus der Hand fallen ließ, duschte, meine Kleider wechselte und in das nächste Dorf radelte, um dort die Wirtschaft, das Gasthaus, aufzusuchen.

Ich hatte schon ganz zu Beginn, kurz nach dem Erwerb meines Hofes gehört, dass die Wirtschaft in meinem Nachbarort, sie sei etwas ganz besonderes, vor einigen Jahren von den Bewohnern in der Freizeit wieder auf tragfähige Beine gestellt worden war.

Für die ehemalige alte Gastwirtschaft, ursprünglich mal im Besitz eines Nonnenklosters, hatte sich kein Pächter gefunden – die Ortschaft zu klein, der Umsatz zu gering – so hatte man sie damals, vor etlichen Jahren, geschlossen. Einige Zeit später war ausgesprochen worden, dass das Dorfleben ohne funktionierende Gastwirtschaft beeinträchtigt sei; so war ein Teil der Ortsbewohner mit dem Einverständnis der Übrigen zur Tat geschritten.

Um an Geld für die notwendigen Anschaffungen zu kommen, hatte man Anteilscheine ausgegeben; erfolgreich, denn mehr als 2000 Unterstützer hatten zugegriffen. Dann hatte die Dorfgemeinschaft damit begonnen, die ehemaligen Räume der Wirtschaft wieder herzurichten, es waren Toiletten neu installiert worden, es war gekachelt und gefliest worden, auch neues Mobiliar war angeschafft worden.

Schließlich, nach längerer Umbauzeit, so wurde ich informiert, war die Schankwirtschaft an einem Sonntag neu eröffnet worden; an Sonntagen, an Feiertagen ganztägig, an einigen Wochentagen abends, an manchen mittags, konnten Gäste am Stammtisch und an anderen Tischen, jedenfalls in Gesellschaft, ihren Durst und Hunger stillen. Denn auch für die Bewirtschaftung hatte die Dorfgemeinschaft gesorgt; man hatte einige Ortsansässige gefunden, Frauen wie Männer, Rentner und Rentnerinnen häufig, die entlohnt wurden und dafür Bier ausschenkten, sowie Kleinigkeiten zum Essen anboten.

Zur Zeit, es war Spätsommer, lagen diese Tätigkeiten in den Händen einer jungen Frau, Maria hieß sie. Sie hatte zuletzt den Sommer über, erfuhr ich auf Nachfrage, nachdem ich mich mutig am nicht voll besetzten Stammtisch niedergelassen hatte, in 1200m Höhe eine Almhütte mit etwa 25 Rindern betreut, auch, indem sie die Kühe melkte und sehr nachgefragten Käse herstellte. Sie sei etwa 35 Jahre alt, Genaueres wisse man nicht, sei alleinerziehende Mutter eines zehnjährigen Buben und lebe zusammen mit ihrem Vater, einem Witwer, auf einem alten, ein wenig verfallenem Bauernhof, der außerhalb des Dorfes lag.

Ich betrachtete daraufhin die Wirtin etwas genauer. Sie war in dem relativ schlicht eingerichteten Gastraum – die Möbel, Tische und Stühle, waren bäuerlich und stabil gefertigt – ein gern anzuschauender Blickpunkt. Die kurzen blonden Haare, das gebräunte Gesicht und die kräftige Figur, die sich durch regelmäßige körperliche Arbeit herausgebildet hatte, vervollständigte eine sympathische Erscheinung, der man gerne mit den Augen folgte. Sie war bekleidet mit Jeans, einem Hemd und einer Wolljacke, die Ortsansässige sicher als zünftig bezeichnet hätten. An den Füßen trug sie gut gepolsterte, erkennbar nicht ganz billige Sportschuhe; wie so viele Kellnerinnen hoffte sie vermutlich, mit dieser Fußbekleidung ihren beanspruchten Füßen Gutes zu tun. Sie war freundlich und aufgeschlossen beim Umgang mit ihren Gästen; war der Andrang an manchen Abenden etwas geringer, ließ sie sich gerne mal, um Ratschläge zu erteilen oder um zuzuhören, bei einem Gast zu einem kurzen Plausch an dessen Tisch nieder.

Eine ganz spezielle Attraktion für Fremde, für mich, war aber ihr etwa 10-jähriger Sohn. Wie man bei der ansehnlichen Mutter beinahe erwarten konnte, zeichnete sich auch der Junge aus durch ein mehr als angenehmes Äußeres. Er hatte, seiner Mutter ähnlich, ein von der Sonne gebräuntes Gesicht, trug seine blonden Haare kurz geschnitten und war für das von mir geschätzte Alter recht groß; seine kräftigen Beine steckten in engen Jeans und er hatte zur Überraschung des Betrachters braune Augen.

Er sei viel mit seiner Mutter zusammen, erzählte man am Stammtisch, er ginge ihr häufig in der Gaststube zur Hand, manchmal bis acht Uhr in der Nacht, hin und wieder bediene er sogar die Gäste. »Aber vor allem«, der Erzähler machte eine Pause, »vor allem dann, wenn hier viel los ist, ist er derjenige, der die Zeche ausrechnet und auch mit uns abrechnet.«

Und ein weiterer Stammtischbesucher ergänzte: »Viele hier aus dem Dorf lassen anschreiben. Er führt die jeweilige persönliche Schuldenliste. Das macht er schon längere Zeit mit gewissenhafter, großer Zuverlässigkeit; Fehler hat noch keiner von uns entdeckt, schließlich haben wir am Anfang ja auch nachgerechnet.«

Mit erstaunlichem Selbstverständnis, das beobachtete ich, forderten ihn die Gäste aus dem Dorf auf, die aktuelle Zeche zu den alten Schulden zu addieren: »Schreibst das an, Bertl«, hörte ich, als ich am Stammtisch sitzend die Tätigkeiten des Jungen verfolgte.

»Rechnen kann er wie der Teufel«, bemerkte mit Stolz einer der Stammtischgenossen, als er meinen erstaunten Blick bemerkte.

»Der ist doch erst, geschätzt, zehn Jahre alt«, erwiderte ich, denn ich erinnerte mich, dass dieses schnelle und verlässliche Rechnen von einem Zehnjährigen, Viertklässler müsste er dann sein, kaum zu erwarten war.

»Kennt er denn die Preise«, fragte ich.

»Die Bierpreise, großes oder kleines Bier, ob Helles oder Weizen, beim Steiner – unserem lokalen Produkt – die kennt er, die hat er offensichtlich alle im Kopf, ebenso wie die Speisekarte, die ist aber auch nicht umfangreich«, fügte einer der Tischnachbarn noch an.

Als ich zwei Stunden später meine Zeche bezahlte, unterhielt ich mich mit dem Jungen: »Bertl, so heißt du doch«, begann ich wenig geistreich, »wer hat dir denn das schnelle Rechnen beigebracht? In welcher Schulklasse bist du denn jetzt«, fragte ich weiter, ohne die Antwort auf die erste Frage abzuwarten.

»In der Vierten bin ich, das schriftliche Rechnen hat mir meine Mutter beigebracht, das kann ich schon lange, aber das meiste rechne ich im Kopf«, sagte er, als wäre das eine Selbstverständlichkeit; und die Probe seines Könnens folgte, indem er den Geldbetrag nannte, den er blitzschnell im Kopf für drei helle Biere und eine Bockwurst ermittelt hatte. Zusätzlich notierte er auf einem kleinen Zettel für den neuen Gast noch die Einzelpreise. Ich war beeindruckt, ich staunte, so wie

Erwachsene stets staunen, wenn sie bei Kindern Fähigkeiten entdecken, die ihnen selbst verloren gegangen sind.

Kapitel 12

Legen wir an dieser Stelle Ulrichs Aufzeichnungen beiseite und verlassen uns im Weiteren auf unsere eigenen Beobachtungen.

Einige Tage später lernte Ulrich den Jungen näher kennen. Er hatte die Baustelle in seinem Haus mittags verlassen, war ins Dorf A gefahren und hatte das Gasthaus aufgesucht, um dort zu Mittag zu essen. Er saß vor dem Wirtshaus auf der Terrasse, das Wetter war prächtig und er genoss den weiten Blick über das Land, denn der Gasthof lag, ebenso wie die Kirche, auf einer Anhöhe.

Zu seiner Freude nahm der Junge, Bertl, seine Bestellung, sein Mittagessen, entgegen. Ulrich unterhielt sich ein wenig mit dem Jungen: Elf Jahre werde er im Oktober, er habe bald Ferien, er werde danach in Burghausen die Realschule besuchen, mit dem Bus werde er fahren, er freue sich schon. Mathematik, Rechnen, sei eins seiner Lieblingsfächer.

Nachdem der Junge ihm sein Essen gebracht hatte und bald darauf mit eigenem Mittagessen herauskam, um sich auf der Terrasse an einem Tisch niederzulassen, bat Ulrich ihn, an seinem Tisch Platz zu nehmen, denn er wollte die begonnene Unterhaltung fortsetzen. Warum er denn nicht das Gymnasium in Burghausen besuchen wollte, fragte er, nachdem Bertl seinen Teller geleert hatte.

»Die Mama hat gemeint, da sie mir fast nicht helfen könne, sei ich auf dem Gymnasium vielleicht überfordert.«

»Du kannst doch aber so gut rechnen, alles andere findet sich schon, wenn man so ein gutes Gedächtnis hat«, sagte Ulrich.

Die Mutter des Jungen hatte sich mit ihrem Essensteller dazugesetzt: »Ich habe schon an das Gymnasium gedacht, aber dann meinte ich, auf das Gymnasium wechseln könne der Bertl später immer noch.« So redeten sie.

Am nächsten Tag fuhren sie gemeinsam, Maria, Bertl, Ulrich, nach Burghausen, um die Anmeldung des Jungen an der Realschule rückgängig zu machen und ihn stattdessen zum Schuljahresbeginn am Gymnasium anzumelden. Sie hatten das humanistische, in der Altstadt gelegene, gewählt und Ulrich hatte die Entscheidung, sentimentalen Stimmungen folgend, beeinflusst.

Der Beginn einer innigen Freundschaft zwischen den dreien folgte, denn von diesem Tag an suchte unser Protagonist die Dorfwirtschaft bei jeder Gelegenheit auf: Fast immer zum Mittagessen, ganz häufig bis in den Abend hinein, verbrachte er viel Zeit in der Gastwirtschaft, in der Gesellschaft der Kleinfamilie.

Schließlich, als Ausdruck des Vertrauens, das Ulrich entgegengebracht wurde, durfte der ehemalige Mathematikstudent noch seine Erfahrungen als Beinahelehrer in Gesprächen mit dem kleinen Bertl und die eines langen Lebens beim Gedankenaustausch mit der Mutter einbringen.

Dabei galt sein besonderes Interesse der mathematischen Erziehung des Jungen, denn schnell bestätigte sich, dass jener nicht nur mehr als alltägliche Gedächtnisleistungen offenbarte, sondern zusätzlich ungewöhnliches Interesse an problemlösendem Denken an den Tag legte. In recht kurzer Zeit war er in der Lage zu abstrahieren und statt mit Zahlen mit Platzhaltern zu arbeiten. Den klassischen Satz des Pythagoras bei Problemaufgaben anzuwenden, lernte er schnell; ja, den Satz nicht nur zu glauben, sondern auch zu beweisen, weil man die Notwendigkeit eines Beweises auch einsieht, war für Bertl eine bereitwillig übernommene Erkenntnis. So kam es, dass er mit ein wenig Anleitung den einen speziellen Pythagorasbeweis, in dem mit Hilfe zweier unterschiedlich großer ineinander liegender Quadrate – die vier Eckpunkte des kleineren liegen auf den vier Seiten des größeren Quadrates – die Aussage des Satzes gezeigt wird, beinahe selbsttätig zu Ende führte.

Sollten wir mit diesen Ausführungen die Gegenwart, angetrieben durch übergroße Euphorie, unzulässig schnell durcheilt und hinter uns gelassen haben, um in die Zukunft zu gelangen? Möglich! Die angstvolle Frage jedenfalls – womit, nach der baldigen Fertigstellung seines Hauses, sollte er sich in der Zukunft befassen – konnte er sich nun mit wenig Fantasie beantworten.

Welch glückliche Momente würde er durchleben bei solcher Art Beschäftigung?

Viel später, in einer ereignisarmen Stunde, mit Pinsel und Farbe verschönerte er gerade eine Wand im Eingangsbereich seines Hauses, befragte er sich gewissenhaft:

Gibt es Interessanteres als einem gelehrigen Schüler das eigene bescheidene Wissen zu vermitteln und zu beobachten, wie jener die Grenzen, die er dir aufzeigt, überschreitet?

Gibt es Schöneres für dich, als mit einem Gesprächspartner, der Mutter des Jungen, politisches Geschehen, Alltägliches, Gelesenes zu erörtern?

Sich um eine Familie zu kümmern, mit Ratschlägen, mit Geld, mit übernommener Verantwortung – weißt du Befriedigenderes?

Bei seiner Selbstprüfung, er hatte beim Grübeln den Pinsel aus der Hand gelegt, verneinte er nach sorgfältigem Nachdenken alle drei Fragen.

Könnte es sein, dass der geschäftige, etwas naive Ulrich mit diesen Verneinungen, ohne es zu bemerken, seinem optimalen Lebenszustand, seinem Fixpunkt, ganz nahe gekommen war?

Annäherung an einen Zieleinlauf

II

Kapitel 13

Als Ulrich eines Morgens aus beunruhigenden Träumen erwachte, war ihm erschreckend deutlich geworden, dass die noch vor ihm liegende Lebenszeit, nicht nur seines Alters wegen, sehr begrenzt war.

War er nicht dabei, zusätzlich große Teile dieser eng begrenzten Zeitspanne leichtfertig zu vertändeln, fragte er sich, denn kurz nach dem Erwachen, wenn die Träume noch greifbar sind, wechselt die Denkrichtung in schneller Folge.

Wie ist es mit deinen Lebenszuständen, deinen Lebensumständen, die dir früher so wichtig waren, bestellt? Sind sie besser und besser geworden?

Kaum jemand schien geeigneter zu sein, um über diese Frage zu reden, als seine ehemalige Kollegin, Philine, in der fernen Heimatstadt. Sie befragte er nach ihrer Meinung, denn schon häufig hatte er ihr in der Vergangenheit aus Bayern ein Lebenszeichen zukommen lassen, ihr Grüße bestellt, sie um Rat gefragt.

Liebe Philine, hatte er geschrieben, ich habe dir zu Beginn meines Aufenthalts hier in Bayern von meinen optimistischen Träumereien, die meine zukünftigen Lebensumstände betrafen, erzählt. Diese sollten, so meine Vorstellung, mit der verrinnenden Zeit fortlaufend besser werden; sogar die Mathematik hatte ich bemüht und von einem bestmöglichen Zustand, einem Fixpunkt gesprochen, dem sie, die Lebensumstände, sich schrittweise nähern. Nun ist die Sache aber so:

Diese Annäherung findet bei genauer Betrachtung nicht mehr statt!

Ich habe mich mehr als ein halbes Jahrzehnt um den Jungen, den Bertl, gekümmert. Ich habe ein wenig dazu beigetragen, dass er ein tüchtiger Schüler und ein noch besserer

Mathematiker wurde, dass er bald mit Abitur seine Schulzeit beendet. Zusammen mit der Fertigstellung meines Hauses, dem Umgang mit Maria, Bertls Mutter, den finanziellen Einhilfen, dem Kümmern, hat all das Befriedigung bewirkt, oft auch Freude bereitet. Daher hatte ich lange Zeit geglaubt, ich sei auf einem guten Weg, zwar nicht auf der Zielgeraden – was verläuft schon gerade – aber nahe dem Zieleinlauf und käme somit dem idealen Zustand, dem Fixpunkt, wenn ich so weiter machte, immer näher.

Nun aber, in den letzten Monaten, haben meine Bedenken beständig zugenommen. Meine Lebensumstände, fürchte ich, meine ich beobachtet zu haben, werden eher schlechter denn besser. Der Fixpunkt – eine Fata Morgana, die Annäherung ... siehe oben! Ich ahne doch, wie es weiter gehen wird.

Der erfreuliche Umgang wird spätestens dann zum Ende kommen, wenn Bertl die Schule beendet und zum Studium das Dorf verlässt. Maria, sie hat seit längerem einen Lebenspartner, wird bald den Hof ihres Vaters übernehmen. Gemeinsam mit ihm und ihrem Partner, er ist in einer Autowerkstatt beschäftigt, wollen sie nebenberuflich den landwirtschaftlichen Betrieb weiterführen. Was wird aus mir in meinem Einödhof, im Winter bei Tiefschnee, wenn ich mal krank werde? In Lettland, ich war dort mal vor Jahren, erzählte man, dass Mitglieder der Kirchengemeinde im Frühjahr, nach der schneereichen Winterzeit, die einsam gelegenen Bauernhöfe abklappern, um nach Überlebenden zu schauen. Du ahnst, worüber ich abends nachdenke!

Was soll ich machen? Für einen Rat wäre ich dankbar.

Die Antwort kam sehr prompt.

Brich deine Zelte ab, dort unten, so schnell als möglich; das war ihr verkürzt wiedergegebener Ratschlag. Kehr zurück in die Vaterstadt, fügte sie noch an.

Wir vermuten richtig: Ulrich folgte dem sicherlich nicht ganz uneigennützigen Rat seiner stets hilfreichen ehemaligen Kollegin und begann mit großem Elan die Rückkehr auf den Weg zu bringen. Bloß weg von hier, dachte er nun, nur so kannst du, wenn schon nicht den fernen Fixpunkt, zumindest aber den Zieleinlauf erreichen. Kurz, er musste seinen Hof verkaufen.

Beständig hatte er ihn mit viel Herzblut in den letzten Jahren vervollständigt; Energieversorgung, Wärmeisolierung, Heizung, alles Dinge, mit denen er bei einem Verkauf punkten konnte.

Auch den passenden Käufer, Fiktion zunächst, hatte er vor Augen. An eine junge Familie dachte er, des Stadtlebens überdrüssig, der Mann handwerklich geschickt, mit solidem Gehalt, die Ehefrau halbtags in der Kreissparkasse beschäftigt, zwei Kinder, im Kindergartenalter.

Das, was zunächst unvorstellbar, ja sogar undenkbar schien, die Trennung von seinem mit Liebe hergerichteten Bauernhaus, wurde nun in den nächsten Wochen immer mehr Realität; ohne seinen Freundeskreis, seine vielen Gesprächspartner aus der Dorfgaststätte, Bertl und seine Mutter zu informieren, suchte er einen Immobilienhändler auf, um ihn zu beauftragen, sein Bauernhaus samt Grundstück zu taxieren und bei Gelegenheit auf dem Markt anzubieten. Er wusste, dass die Grundstückspreise gestiegen waren, er wusste auch, dass der Besitzer eines großen ländlichen, angrenzenden Betriebes bereits Kaufinteresse geäußert hatte – Subventionen aus Brüssel werden überwiegend in Abhängigkeit von der Größe des Bauernhofes ausgeschüttet – mit diesem Wissen sah er der Schätzung mit Optimismus entgegen.

Der Verkaufspreis, den der Immobilienhändler für Ulrichs Bauernhaus einschließlich Grundstück nannte – unter Vorbehalt, betonte er mehrfach – übertraf dessen Erwartungen. Er würde, errechnete er hocherfreut, sofern er seine handwerklichen Eigenleistungen nicht rechnete, gemessen am damaligen Kaufpreis, beim Wiederverkauf einen Gewinn erzielen.

Recht schnell ging dann der Verkauf über die Bühne. Nachdem die Verkaufsanzeige in einer überregionalen Zeitung erschienen war, meldeten sich mehrere Interessenten, um gemeinsam mit dem Makler, das Objekt zu besichtigen. Die Wunschfamilie mit zwei Kindern aus der Großstadt war zunächst nicht unter den Kaufinteressenten; zwei Herren aus München, die in dem Bauernhaus gemeinsam den Lebensabend verbringen wollten, waren die Favoriten. Bis dann doch noch die Gewünschten auftauchten, mit drei Kindern, die dann, nachdem die Eltern ihm noch spürbar den Kaufpreis gedrückt hatten, von dem gutmütigen, etwas sentimentalen Ulrich den Zuschlag erhielten.

Denn ein bisschen machte ihm sein Gewissen zu schaffen. Durfte er sich durch den Verkauf von Immobilienbesitz bereichern? Konnte er es sich leisten, Geld zu verschenken? Nicht alles, was möglich ist, soll der Mensch auch nutzen bei seinem Streben nach eigenem Glück und Gewinn, dachte er, als er nach weiteren Argumenten suchte, um seine Großzügigkeit vor sich selbst zu rechtfertigen. Hast du nicht auch ohne eigenes Dazutun geerbt, sprach er beruhigend auf sich ein, der Verkaufserlös ist doch höher als erträumt, er reicht doch aus für dich und deine Ansprüche.

Mit solchen Überlegungen verpasste er seinem Handeln einen edleren Anstrich und sehr gerne akzeptierte er die Rolle des vom Gewissen geplagten Betrachters, der dem gewissenlos Handelnden entgegenwirkt.

In einem weiteren langen Brief an Philine teilte er ihr mit, dass er nach reiflichen Überlegungen sich nun endgültig entschlossen habe, ihren Rat zu befolgen und heimzukehren in die Stadt seiner Geburt. Dort wolle er, führte er aus, sich einem Altersheim anvertrauen, in dem er sich vorsorglich schon vor längerer Zeit auf die Warteliste habe setzen lassen. »Lange und gründlich habe ich nachgedacht«, schrieb er, »ich bin alleinstehend und nicht mehr jung genug, um ganz Neues anzufangen. Ich traue es mir nicht mehr zu, eine Wohnung zu suchen, eine passende zu finden und diese dann einzurichten; einen weiteren Hausstand zu gründen. Hinzu kommt: Ich habe dazu auch keine Lust mehr. Meine Kampfkraft, als Mensch, welcher der Physik nahestand, will ich von Energie nicht reden, hat sich aufgebraucht in Bayern. Deshalb habe ich auch die Inneneinrichtung meines Hauses dort unten dem Käufer mit übereignet, sodass ich nur ganz wenig Eigenes mit mir nehme.«

Mit solchen Worten, ein wenig Mitleid erregend gewählt, unterrichtete der Heimkehrer aus dem Süden die »Liebe Philine« über seine Zukunftspläne. Erheblich nüchterner dagegen schilderte er die Käufer seines Hause, die er nun kennengelernt hatte. Drei Kinder, drei Söhne hätten sie, die Mutter sei Arzthelferin, der Vater in einem Nachbarort, Traunreut, gut verdienender Angestellter. »Schade, dass Du das Haus nicht kennengelernt hast, nun ist es verkauft«, hatte er noch angefügt.

Die Empfängerin des Briefes, Philine, als sie einige Tage später den Brief in Händen hielt, war sehr erschrocken, weil sie als sensible ehemalige Deutschlehrerin meinte, einen überaus resignativen Tonfall aus seinem Brief herauszulesen. Weil sie sich ängstigte, besprach sie mit ihrem Harald diese sie beunruhigende Angelegenheit.

Dieser, ein Mann, der gelernt hatte, die Ellbogen auszufahren – was er häufig aussprach – beruhigte hilfsbereit seine sich sorgende Ehefrau. »Ich glaube, du siehst zu schwarz! Aber wir werden ihm bei seiner Wiedereingliederung hier in der Stadt helfen. Du hast doch bald Geburtstag. Wir werden ihn einladen, damit er auf andere Gedanken kommt.«

Währenddessen hatte Ulrich andere Sorgen.

Der schreckliche Moment des Abschieds von seiner mühsam erarbeiteten, lieb gewonnenen, neuen Heimat, seinem lieb gewordenen Umfeld, seinen Bekannten, seiner kleinen Familie, nahte.

Der Abschied von Maria war schmerzhaft, Tränen flossen, während Bertl, der groß geworden war, einen Anflug von Rührung überspielte, indem er Ulrich in munteren Tonfall aus der vergangenen Deutschstunde erzählte. Ihre derzeitige Lektüre sei der »Törless« von Musil. Die Probleme des Buchhelden mit der Zahl Wurzel aus −1 könne er gut nachvollziehen, weil sie sich gerade in Mathematik mit imaginären und komplexen Zahlen beschäftigt hätten. Und Ulrich, der so gerne erzählte, füllte einen Teil der Zeit, die für Abschiednehmen vorgesehen war, mit langatmigen Erläuterungen, weil er meinte, auch Bertls Mutter stand Aufklärung zu und sie sollte nicht gänzlich unwissend bleiben. Sie hofften, sich nicht aus den Augen zu verlieren, versprachen sich obendrein ein baldiges Wiedersehen, in Ulrichs Heimatstadt oder hier im Dorf, im Südosten Bayerns.

Auch von seinen Stammtischkollegen nahm der Scheidende bewegt Abschied. Dabei trank man in gewohnter Sitzordnung zusammen etliche Biere, wobei einige Runden auf Ulrichs Rechnung gingen. Der Stammtisch erinnerte sich gemeinsam mancher Gespräche – oft hatten sie sich über Probleme des Klimawandels und der Umwelt unterhalten – man erinnerte sich extremer Ansichten, auch mancher Missverständnisse, die dem Dialekt oder auch oft eingeschränktem Hörvermögen geschuldet waren. Mit neckischen Erwähnungen einiger guter Vorsätze, vom zugereisten Preußen und manch anderem Streiter für Verzicht und Einschränkung ausgesprochen, endete die Zusammenkunft. Man trennte sich mit sehr viel Einvernehmen und ein wenig Rührung, im Wissen, dass man sich in dieser Zusammensetzung höchstwahrscheinlich nie wiedersehen würde.

Mit der Eisenbahn, umweltbewusst, über Mühldorf, München, Nürnberg, Hannover kehrte Ulrich in seine Geburtsstadt zurück.

Ein Zimmer in einem Seniorenheim wartete auf ihn. Die Kosten dieser neuen Unterkunft würde er, sehr genau hatte er dies durchgerechnet, mit seiner Rente und seinem Barvermögen mindestens siebzehn Jahre stemmen können.

Kapitel 14

Seine ausgewählte Seniorenunterkunft lag am nordöstlichen Rand seiner Vaterstadt. Trotzdem war nach einem kurzen Fußmarsch zur Station der Vorortsbahn und nach einer etwa halbstündigen Bahnfahrt das Zentrum seiner Heimatstadt bequem zu erreichen. Aber auch in der näheren Umgebung seiner neuen Unterkunft konnte ein nicht ungewöhnlich anspruchsvoller Mensch seine Bedürfnisse befriedigen, d.h. es gab einige Geschäfte, ein großes Einkaufszentrum, etliche Ärzte in der Nähe.

Auch in seiner neuen Wohnstätte, seiner Unterkunft für die nächsten Jahre, waren die Angebote reichlich an der Zahl, das hatte er einem Anschlag am sogenannten schwarzen Brett des Hause entnehmen können: Musikabende, Abende für Gesellschaftsspiele, Vorleseveranstaltungen wurden angeboten. An jedem Nachmittag schenkten freiwillige, ehrenamtliche Helfer im großen Speisesaal oder draußen auf der Terrasse Kaffee aus, auch Kuchen wurde angeboten.

Dieses Angebot, entschied unser Neubewohner spontan, werde ich regelmäßig wahrnehmen, sind mit dieser Veranstaltung doch erfreulicherweise bereits zwei Stunden des Tages angefüllt.

Am Nachmittag, nachdem Ulrich seine wenigen Habseligkeiten in seiner neuen Bleibe verteilt hatte, fand er sich pünktlich im großen Speisesaal ein und setzte sich an einen der Tische, die vor der großen Schiebetür außerhalb des Saales auf der Terrasse aufgestellt waren. Er hatte es gut getroffen: Die Sonne schien, es war angenehm warm, der angebotene Kuchen schmeckte und der Kaffee weckte seine Lebensgeister und verbesserte seine Stimmung, die auf Grund der neuen Situation ein wenig gedrückt war.

An seinem Tisch, er war bereits mit drei Personen, einer Frau und zwei Männern besetzt, nahmen kurz darauf zwei weitere Kuchenesser Platz, eine Frau zunächst und nachfolgend ein Mann. Die beiden, man konnte es ihrem Gespräch entnehmen, waren nicht verheiratet, schienen aber recht vertraut zu sein. Sie unterhielten sich über ihre nachmittägliche Zeitungslektüre; die Leserbriefe ihrer Lokalzeitung – sie lasen beide das gleiche Presseorgan – waren ihr Thema, als sie sich am Tisch niederließen. Ulrich hörte aufmerksam zu, denn es ging um die Zwistigkeiten zwischen den Rad- und Autofahrern, den Verkehrsteilnehmern, die beinahe in allen Städten aneinandergerieten. Schließlich konnte er nicht mehr an sich halten und mischte sich ein, nicht ohne sich zuvor höflich mit Namen als neuen Insassen des Altenheims vorgestellt zu haben.

»Messen wir dem Auto nicht viel zu viel Bedeutung bei«, fragte er in die kleine Runde. Denn über diese Frage hatte er bereits intensiv nachgedacht, unser Ulrich, als er abends, nach den Arbeiten an seinem Bauernhaus alleine in seiner Wohnstube saß, damals im Rupertiwinkel in Oberbayern.

Diese Leidenschaft, wenn es um das Auto ging, war kaum zu erklären. Eigentlich doch nur eine Kiste, hatte er abstrahiert, in der ein Mensch oder mehrere Platz nahmen, um bequem von A nach B transportiert zu werden. Eine Kiste, die einst von anderen Menschen getragen wurde, die dann mit drei oder vier Rollen, Räder genannt, versehen, geschoben oder gezogen wurde. Bis schließlich der Antrieb in das Blickfeld der Tüftler geriet: Pferd, Motor, Dampf-Benzin-Diesel- Motor. Ist die ganze Autobauerei tatsächlich so ein zivilisatorische Leistung? Das fragte er seine Tischgenossen etwas provozierend, jedenfalls unpassend zu der Stimmung, die von einer gemütlichen Kaffeetafel erzeugt wird.

So kam es, dass einige der männlichen Kaffeetrinker, zwei von ihnen fuhren noch eigenhändig mit ihrem Auto bei Bedarf durch die Gegend, energisch Partei ergriffen. Mit Nachdruck verteidigten sie den Nutzen dieser Technik – die Wirtschaft, die Arbeitsplätze, auch solche, die im Kern von der Autoproduktion abhingen, der Fortschritt – ein Chaos würde drohen, wenn die Branche schrumpfte.

Merktest du nicht, Ulrich, dass du deine Tischgenossen mitsamt ihrer Weltsicht beleidigst? Musstest du noch in Anlehnung an die Briten, die selbstironisch einen Zusammenhang zwischen ihren Eigenarten und dem Wetter vermuten, auch noch Sonderheiten deiner Landsleute ansprechen.

Du warst nicht zu stoppen!

Sonderheiten, sagtest du, welche bei den Streitereien über das zu benutzende Verkehrsmittel deutlich werden und die mit dem seit der Völkerwanderung dokumentierten Fernweh der Germanen zusammen hingen. Musstest du nun auch noch die rätselhafte, oft zu beobachtende Reiselust, die bei der Begleitung deutscher Sportler durch ihre Fans zu beobachten ist, ansprechen? Du musstest!

Ulrich, merktest du nicht, dass der gemütliche Kaffeeplausch langsam entartete, dass einige deiner Tischgenossen ein Ende dieser Tischgespräche herbeisehnten?

»Schauen wir uns doch um«, sprach er leidenschaftlich weiter, denn er hatte sich dem Themengebiet Auto, Verkehr genähert, über das er sich sehr gerne ausließ. Es gehörte nämlich zu dem Repertoire, das er schon früher in Bayern in der Dorfgaststätte einstudiert hatte; mit den neusten Zahlen sowie Fachvokabeln. Bevor er weitersprach, folgte auch er seinem Aufruf; er schaute sich um und er bemerkte, dass die meisten Tischnachbarn kaum noch zuhörten und bereits ihre Aufmerksamkeit anderen Dingen zugewandt hatten. Einer hatte sich gerade unter dem Vorwand erhoben, sich ein weiteres Stück Kuchen holen zu wollen. Nur eine der beiden am Tisch sitzenden Frauen, diejenige, die verspätet die Tischrunde vervollständigt hatte und mit ihren Leserbriefen Ulrich das Stichwort geliefert hatte, blickte ihn neugierig an und erwartete offensichtlich weitere Ausführungen.

Weil er neu war in der Kaffeerunde und Streit vermeiden wollte, versuchte er schnell zu einem versöhnlichen Abschluss zu kommen und vervollständigte seinen Satz, indem er noch anfügte: »Überall stehen die vielen parkenden Autos herum und versperren Fußgängern und Radlern den Weg.«

Die einzelne aufmerksam zuhörende Kaffeetrinkerin nickte zustimmend bei dieser Aussage, sodass Ulrich sich aufgefordert fühlte, mit ihr das Gespräch fortzuführen. Als er sich ihr zuwandte, stellte sie sich als Frau Utermöhle vor; es entwickelte sich der folgende Dialog:

»Meinen sie wirklich, dass wir Deutschen so ungewöhnlich reisefreudig sind im Vergleich zu anderen, meinen sie wirklich, dass man tatsächlich verantwortliche Gene feststellen könnte?«

»Ach, das sollte ein kleiner Scherz sein, genau so, wie der Hinweis auf das Wetter, mit dem die Briten ihre Eigenarten erklären. Bei uns Deutschen aber könnte man doch wirklich Gene, die für Sehnsucht nach fernen Ländern verantwortlich sind, vermuten. Die Völkerwanderungen, die werden in Wirklichkeit wohl mit Wetterveränderungen, mit einer Hungersnot, mit einer Missernte zusammen hängen. Wer weiß das schon genau; wir können die Goten oder Teutonen nicht mehr befragen.«

»Sind sie frisch eingezogen hier in unsere Residenz«, fragte Frau Utermöhle. »Ich habe sie heute zum ersten mal gesehen.«

Und der Neubewohner erzählte von seiner Rückkehr aus Bayern in seine Heimatstadt. »Nach reiflicher Überlegung«, fügte er noch an.

Nachdem die beiden Gesprächspartner noch einige Daten und Informationen ausgetauscht hatten, denn beide wollten ihre Neugier befriedigen, verabschiedete Ulrich sich in sein

Zimmer. Er wollte Philine anrufen, um sie über seine Ankunft und über seinen Aufenthaltsort zu unterrichten.

Kapitel 15

Philine hatte sich sehr gefreut, als sie seine Stimme vernahm und er sie über den Stand der Dinge informierte.

Er sei am gestrigen Nachmittag angekommen, er habe sein Zimmer in der Seniorenresidenz seiner Wahl bereits bezogen »Die Zimmernummer ist 142, das Zimmer würde dir bestimmt nicht gefallen, denn bisher ist es nur mit dem Nötigsten möbliert; da muss ich noch tätig werden. Den Nachmittag habe ich in angenehmer Gesellschaft bei Kaffee und Kuchen verbracht.«

Dann erzählte er noch von der Bahnfahrt: Die Reise mit dem Zug sei unproblematisch verlaufen, er musste zweimal umsteigen, alle Züge seien einigermaßen pünktlich gewesen.

Er freue sich darauf, sie nach so langer Zeit wiederzusehen.

Er sprach nicht davon, dass er sich während der langen Fahrt an eine frühere Reise unter ähnlichen Umständen zwischen fast demselben Start- und demselben Zielpunkt erinnert hatte. Damals, als er und seine Familie aus Bayern, wo sie als Ausgebombte und Flüchtlinge Unterschlupf gefunden hatten, wieder in die Heimatstadt zurückgekehrt waren. Jene Stadt, die grau und zerbombt wenig gastfreundlich aussah – vor mehreren Jahrzehnten.

Weil die Fahrzeit, jetzt im Alter, gefühlt nur langsam verstrichen war, hatte er die Gelegenheit genutzt, ausgiebig mit dem Verlauf seines Lebens, mit seiner Lebensleistung unzufrieden zu sein. Was hatte er alles nicht erreicht? Sein mathematisches Modell – iteratives Annähern an einen Lebensfixpunkt – war es womöglich nicht anwendbar auf die Lebenswirklichkeit?

Und Philine? Auch sie sprach von Wiedersehensfreude.

Seine Lebensbegleiterin seit der damaligen gemeinsamen Zeit an der Schule, die ihn zu einem besseren Menschen hatte erziehen wollen, sie lud ihn im Laufe des Gesprächs kurz und knapp zu ihrer nachträglichen Geburtstagsfeier ein. Ein Brunch war vorgesehen, mit etwa fünfzehn bis achtzehn Gästen am kommenden Wochenende, am Sonntagmorgen um 11 Uhr, in einem nahe gelegenen Restaurant, für ihn günstig zu erreichen. Ob er Zeit und Lust habe?

Ulrich sagte ohne Umschweife zu. Er freue sich, fügte er noch hinzu.

So lernte Ulrich das Mittagessen ersetzende Frühstück, Brunch genannt, kennen.

Zahlreiche Menschen, Männer wie Frauen, hatten sich vor dem gewählten Restaurant versammelt und warteten darauf, dass ihnen Punkt Elfuhr Einlass gewährt wurde. Sie gehörten verschiedenen Brunchgruppen an, je nach Gruppenzugehörigkeit nahmen sie an den vorbestellten Tischen Platz.Ulrich ließ sich an einem Tisch nieder, an dem Philine, ihr Ehemann und etwa zwölf weitere Geburtstagsgäste saßen. Man kannte sich, was man aus den intensiven Zwiegesprächen, die quer über den Tisch geführt wurden, folgern konnte.

Philine und ihr Harald waren erkennbar älter geworden. Ulrichs ehemalige Kollegin, pummelig hatten wir sie damals liebevoll genannt, hatte etwas zugelegt und ihr Verhalten – sie war früher Lehrerin durch und durch gewesen – ihrem Äußeren angepasst. So begrüßte sie nicht nur ihre und ihres Mannes engere Freunde mit großer Herzlichkeit, sondern auch die ihr ferner stehenden Gäste leutselig mit äußert geschickt gewählten Worten.

Zu diesen Gästen gehörte auch der aus Bayern heimgekehrte Ulrich; ihn und ihre lange Beziehung zueinander erläuterte sie mit warmen Worten ihren unmittelbaren Sitznachbarn. Und nachdem sich alle halbwegs miteinander bekannt gemacht hatten, begann nun die Schlemmerei:

Bedienendes Personal brachte die bestellten Getränke, die hungrigen Gäste eilten zu den mit Speisen übermäßig be-

ladenen Tischen, während besonders Eilige bereits mit voll-
beladenen Tellern zu ihren Brunchgemeinschaften zurück-
kehrten. Informationen über die Platzierung besonderer Le-
ckerbissen wurden ausgetauscht. Die große Fresserei nahm
seinen Lauf, denn das Angebot war reichlich, vielseitig und
schmackhaft.

Übersatt, aber der Nachtisch musste auch noch verspeist
werden, ging man an den einzelnen Tischen zur gemütlichen
Unterhaltung über.

Worüber reden Geburtstagsgäste, gehobene Mittelschicht,
Durchschnittsalter 65, ausgeschieden aus dem Berufsleben und
sehr gesättigt?

Recht ausgiebig bespricht man Krankheiten, beklagt Desinteresse und Fehldiagnosen behandelnder Ärzte; das Betätigungsfeld der Kinder und Enkelkinder kommt zur Sprache
und wird, sofern die Nachkommen erfolgreich sind, zu jenem
weiten Feld, das ausführlich beackert wird.

Unweigerlich werden die irgendwann beobachteten Miss-
stände in der persönlichen näheren und weiteren Umgebung
angesprochen und über Lokalpolitik, Länder-und Bundespoli-
tik landen die Diskutierenden zielsicher bei der Klima-und
Verkehrspolitik.

So war es auch hier bei der nachgeholten Geburtstagsfeier.
Das Für und Wider des Autoverkehrs kam ausgiebig zur Sprache. Denn fast alle Geburtstagsgäste waren noch eigenhändig mit ihrem motorisierten Untersatz unterwegs, waren auch
heute mit ihrem eigenen Automobil angereist und – das konnte
man heraushören – in dem einen oder anderen Fall auch kaum
noch in der Lage, sich auf andere Art und Weise als mit dem
Auto von A nach B zu bewegen.

Der Tenor der mehrheitlich getätigten Aussagen – trotz Kli-
makrise dürfe und könne man mitnichten auf das Automobil
verzichten – dieser Anspruch war Wasser auf Ulrichs Mühlen.

Wir ahnen, nein, wir wissen es, an dieser Stelle würde unser Protagonist sich in das Gespräch einklinken.

Tatsächlich begann er aufzuzählen, was ihm auf dem Herzen lag: Überall stehen die Gefährte fast kostenfrei herum, im Fahrbetrieb, trotz riesiger Abmessung, nur mit dem Fahrer besetzt; Verpester der Luft seien sie, und zwar übermäßig, weil schwer und unnötig stark motorisiert.

»Warum dürfen Autos so schnell und Menschen gefährdend fahren? Weil die Autoindustrie, die ihre schnellen und teuren Autos verkaufen will, sich das wünscht.« Und er fuhr fort:

»Die Autoleidenschaft geht so weit, dass kürzlich ein Oppositionspolitiker tatsächlich forderte, Tiefgaragen zu bauen, um Autos abstellen zu können, wo Familiengaragen, Wohnungen, in großer Zahl doch fehlen.«

Aber auch viele Argumente, zur Verteidigung des Automobils kamen zur Sprache, sodass Ulrich deutlich wurde, dass viele Zeitgenossen den Klimawandel und die sich hieraus ergebenden Folgen der Bequemlichkeit wegen verdrängten und die Hoffnung der Politiker, bei vielen Menschen eine freiwillige Änderung des Lebensstils zu erreichen, lediglich ein Wunschtraum war.

So trennte man sich, übermäßig satt und ganz zufrieden.

Aber zu einem intensiven Gespräch zwischen Philine und Ulrich war es nicht gekommen.

Kapitel 16

Auch in den Wochen, die dem Brunchtreffen folgten, war es zu keinem Treffen Ulrichs mit seiner einstmaligen Mentorin gekommen. Sie hatten lediglich einmal miteinander telefoniert; das Gespräch nutzte er, um sich für die Einladung zu bedanken, sehr informativ sei der Vormittag gewesen. Sie nutzte es ausführlich, um mit zahlreichen Arztbesuchen – der alternde Körper läuft an vielen Stellen aus dem Ruder – die Verknappung der freien Zeit, die ihr neben dem Haushalt zur Verfügung stünde, haarklein zu begründen. »Glücklich sei sie wirklich nicht mit dem derzeitigen Zustand«, fügte sie noch hinzu.

Ulrich erfuhr auf diese Weise vom angegriffenem Herzen, von stargefährdeten Augen, sowie von schmerzenden Füßen; es leuchtete ihm ein, dass er mit seinen Wünschen sich würde hintan stellen müssen.

Ein inhaltsschweres Gespräch, eine Zusammenkunft oder eventuell noch mehr – gibt es nicht Wichtigeres, ermahnte er sich, als er allein in seinem Zimmer auf dem Bett lag.

Das ist doch nicht das, was du dir vorrangig wünschst, dachte er und weil man in diesen Momenten, mit geschlossenen Augen, eigene Schwächen deutlicher sieht, gestand er sich ein:

Die Rundumversorgung in deiner neuen Wohnstätte hat deine resignative Gleichgültigkeit, die dich in manchen längeren Arbeitspausen während deiner Renovierungstätigkeiten in Bayern bereits bedroht hatte, erschreckend deutlich verstärkt.

Sollte man sich dieser Entwicklung nicht an irgendeiner Stelle in den Weg stellen?

Ulrich glaubte, notgedrungen, diese Aufgabe übernehmen zu müssen. Eigentlich ein friedfertiger Mensch, wie wir, seine Begleiter über mehrere Jahrzehnte hinweg festgestellt haben, begab er sich nun des Nachts auf die Straße, um motorisierte Verkehrsteilnehmer, Fahrer von SUV-Fahrzeugen, fühlbar abzustrafen. Er wollte sie und ihre Untersätze vorübergehend an die Kette legen, indem er – bei einmaliger Durchführung und einer großzügigen Bewertung noch als »dummer Jungenstreich« tolerierbar – an einem der beiden Fahrzeughinterräder durch Manipulation am Ventil die Luft entweichen ließ. So machte er sich über die am Straßenrand abgestellten Autos her, mit Zorn, wenn er die Ventile drückte, mit Lustgewinn, wenn die entweichende Luft leise, jedoch hörbar zischte.

Der Start am Morgen sollte verzögert, das geschäftige Getriebe gebremst und die egoistische, übermäßige Inanspruchnahme der begrenzten städtischen Grundfläche, wie die rücksichtslos große Schädigung der Atemluft, durch die Stilllegung der Fahrzeuge kurzfristig verringert werden.

Von Anfang an war die nächtliche Tätigkeit mehr als ein jugendlicher Streich, denn bereits in den ersten Nächten bearbeitete Ulrich mehrere Hinterräder, und mit zunehmender Routine und durch Ausdehnung seines Tätigkeitsfeldes stieg die Anzahl der behandelten Fahrzeuge kontinuierlich, sodass von einem harmlosen Streich nicht mehr die Rede sein konnte.

Unser Klimakämpfer übte diese Tätigkeit über Wochen hinweg fast jeden Abend aus; er war bei seiner Beschäftigung sehr vorsichtig, stets war es ihm gelungen, bei seiner unbewaffneten Partisanentätigkeit unentdeckt zu bleiben.

Schließlich, um mit seiner Tätigkeit größere Nachhaltigkeit zu erzielen, hinterließ er auch noch kleine Botschaften an den behandelten Autos. Auf vorbereiteten Zetteln, Format Din A5, die er, um nicht gesehen zu werden, seitlich an die Autotür klebte, belehrte er die Fahrzeughalter mit Texten wie: Spritschlucker müssen stillgelegt werden oder Riesendummkopf fährt Riesenauto usw.

Auf diese Weise vertrieb sich Ulrich die Zeit. Bei der nachmittäglichen Kaffeetafel, die er in der Regel aufsuchte, wurde er von Tischnachbarn mehrfach über seine abendlichen Spaziergänge ausgefragt. Aus gesundheitlichen Gründen, er könne dann besser einschlafen, habe er sich diese Ausflüge angewöhnt. »Sind diese einsamen Märsche nicht langweilig«, fragte ein Gesprächspartner. »Wenn man sich jeden Abend wirklich Mühe gibt, wird es nie langweilig«, antwortete der Gefragte sibyllinisch; ein berühmter Violinist, das hatte er kürzlich gelesen, hatte eine ähnlich formulierte Frage auf diese Weise beantwortet.

Nach etlichen Wochen allerdings und in der Folge immer häufiger – die anfängliche Euphorie, ausgelöst durch das nächtliche gefährliche Abenteuer, hatte sich deutlich abgeschwächt – begann der die Gefahr suchende Spaziergänger seine Aktivitäten zu hinterfragen. Sehr schnell gestand er sich ein, dass Wut auf die sich umweltschädlich verhaltenden Autofahrer und Rachegedanken ihn bei seiner Tätigkeit antrieben und dass kaum einer von diesen Fahrern in Zukunft die Finger lassen würde von diesen, von ihm bekämpften Fahrzeugtypen.

Nein, der Wandel des Klimas, zu dem der Verkehr kräftig beiträgt, hin zu einem Zustand, der für den Mensch unwirtlich wird, war nicht mehr aufzuhalten: Neulich, in der Hauptverkehrszeit, früh morgens, hatte er an einer Brücke die zahllosen Autos beobachtet, die Stoßstange an Stoßstange aus vier Richtungen kommend, den Fluss hier überqueren wollten. Stark motorisierte Fahrzeuge, fast die Regel, überwiegend nur mit dem Fahrer besetzt.

Kaum vorstellbar, dachte der Beobachter, dass all jene in naher Zukunft ihr Verhalten ändern würden. Lass fahren dahin!

So endete Ulrichs kurzfristiges Bemühen, den Wandel des Klimas korrigierend aufzuhalten. Von nun an unterließ er bei seinen abendlichen Wanderungen die Nebentätigkeiten. Die Nachtmärsche waren nun früher beendet, der ursprünglich gewünschte Nervenkitzel blieb aus; sie wurden zu einer uninteressanten, lästigen Pflichtübung, denn die kürzlich zitierte Voraussetzung – sich Mühe geben – war jetzt zu keinem Zeitpunkt noch vonnöten.

Wie vermessen waren seine Vorstellungen gewesen! Als sie, Ulrich und seine Seniorengruppe, bei ihrer nachmittäglichen Kaffeetafel kürzlich in trauter Runde beisammen saßen, hatte er dies selbstquälerisch noch einmal ausgesprochen.

Einer der Anwesenden hatte nämlich unvorsichtigerweise eines der drei zusammenhängenden Themen, Klima, Klimawandel, Folgen angesprochen. Es folgten sofort die üblichen Diskussionen, die sehr schnell in mehrere Zwiegespräche übergingen.

»Ich habe tatsächlich, naiv wie ich bin, geglaubt, zumindest gehofft«, wandte Ulrich sich an seine Gesprächspartnerin, Frau Utermöhle, »dass nach den vielen Warnungen in Zeitung und Fernsehen bei den Autofahrern ein Umdenken stattfinden würde und erkennbar weniger Autos auf den Straßen fahren und die Fahrzeuge häufiger mit mehreren Personen besetzt sein würden.« Und er berichtete von seiner Beobachtung in der morgendlichen Hauptverkehrszeit an der viel befahrenen Brücke.

»Du warst und bist ein zu großer Optimist mit deinem Glauben, dass die Menschen von heute auf morgen auf Kosten ihrer Bequemlichkeit ihr Verhalten ändern würden«, entgegnete lächelnd seine Tischnachbarin. »Die jungen Mütter transportieren, sofern sie die Möglichkeit dazu haben, nach wie vor mit ihren Limousinen unverändert die Kinder zum Kindergarten und von dort auch wieder heimwärts. Der Flugverkehr hat sogar zugenommen, wie man liest.« Und er? »Natürlich bemerke auch ich das unveränderte Verhalten vieler Menschen. Aber ich hatte wirklich gehofft.« – »Nein, die zahlreichen, menschengemachten, ungünstigen Veränderungen des Weltklimas, hervorgerufen letztlich durch fortgesetztes Wachstum der Weltbevölkerung und der Produktivität der arbeitenden Menschen, die kann man doch nicht übersehen. Als Realist fürchte ich, dass dieses ununterbrochene Wachsen, nur durch Raubbau und Ausbeutung möglich, die Erde und ihre Bewohner einem Zustand nahebringt, von dem aus dieser Klimawandel nicht mehr aufzuhalten und erst recht nicht umkehrbar ist. Er wird schließlich nur noch in eine für die Menschheit ungünstige Richtung verlaufen, dieser Wandel. Physiker nennen so einen Ablauf dann irreversibel«, fügte er hinzu, indem er aus seinem physikalischen Bildungsreservoir eine Fachvokabel hervorkramte und benutzte.

»Jedenfalls werden diese Veränderungen, da wir schon älter sind, uns kaum noch betreffen«, war das Schlusswort von unserem Protagonisten Ulrich.

Kapitel 17

Sollten wir an dieser Stelle, wir sind doch diskret, uns nicht zurückziehen und die Schilderungen der Lebensumstände unseres Protagonisten beenden, um ihn mit seiner Resignation alleine zu lassen. Oder täuschen wir uns mit dieser zugeordneten Eigenschaft? Wir sehen ihn, er hat im Ortskern des Vorortes, in dem sein Seniorenheim beheimatet ist, seine Einkäufe getätigt. Nun eilt er munteren Schrittes über den kleinen Marktplatz, der, wie sollte es anders sein, als Autostellplatz missbraucht wird.

Dort, auf dem Platz, trifft er mit einer nicht ganz jungen, nicht ganz schlanken weiblichen Person zusammen. Zufällig oder nicht, es handelt sich, wie wir beim Nähertreten erkennen, um seine langjährige, ehemalige Kollegin Philine. Lange hat unser Ulrich sie nicht mehr gesehen; damals bei der geselligen und sättigenden Veranstaltung, Brunch genannt, hatten sie sich, gemeinsam am Tisch sitzend, zuletzt zu Gesicht bekommen. Nun haben sie viel zu erzählen, ein Treffen am Abend, um 19 Uhr, wird verabredet; das in der Nähe liegende Lokal, »Geigelstein« heißt es, wird ausgewählt.

Das Lokal, in dem sie am Abend zusammenkommen, bedient bayrische Lebensart mit Bier und den zugehörigen Speisen. Noch bevor die beiden ihre Bestellung aufgegeben hatten, fällt Philine geradezu mit der Tür ins Haus: Sie habe ihre vielen Erkrankungen, die in Gesamtheit vor etlichen Wochen der Hinderungsgrund war für ein Wiedersehen, erfolgreich bekämpft und – eine lange spannungsvolle Pause – ihren Harald, er sei pflegebedürftig gewesen wegen einer sich schnell verschlimmernden Demenz, in die Hände des Personals eines Pflegeheims gegeben.

»Ich war, obwohl er überhaupt nicht aggressiv war, mit seiner

Betreuung und den sich ergebenden Pflichten total überfordert. Du kannst dir gar nicht vorstellen, was bei uns los war. Erst jetzt atme ich langsam wieder auf.«

Schließlich, kaum waren die beiden ehemaligen Kollegen beim zweiten bayrischen Bier angelangt, erfragten sie neugierig die gegenseitigen jeweiligen Lebensumstände.

»Was hast du in der Zwischenzeit erlebt«, wollte zunächst Philine wissen.

»Bei mir ist Besonderes nicht zu vermelden«, entgegnete Ulrich wahrheitswidrig, »ich bin recht zufrieden mit meinem Leben in meinem jetzigen Wohnsitz, dem Altersheim. Ich lese recht viel, hin und wieder schreibe ich Leserbriefe, Antworten auf andere Leserbriefe, Korrekturen zu den vielen Falschaussagen in den Naturwissenschaften – die literarischen Überbleibsel des kleinen Mannes halt«, fügte er noch selbstkritisch hinzu. Und, bei mir im Heim versuche ich nachmittags meinen Gesprächspartnern bei Kaffee und Kuchen ein umweltbewusstes Leben schmackhaft zu machen. Man bewirkt ja kaum etwas damit, auch wird uns, die Alten, der Wandel des Klimas kaum noch betreffen, aber trotzdem. Du weißt ja, ich gehöre der Zunft der Klimahysteriker an.«

Die Rederei am Kaffeetisch am Nachmittag war Ulrich gerade noch eingefallen und sich erinnernd fügte er hinzu: »Übrigens, den Geigelstein, etwa 1800m hoch, den hab ich in Bayern bei einem Sonntagsausflug mit Maria und ihrem Bertl mal bestiegen.«

»Nun, Philine, jetzt bis du dran. Was ist dir denn so widerfahren seit deinem Geburtstag, zusätzlich zu dem bereits Erzählten?«

Auch Philines Schilderung ihrer Tagesabläufe, von ihrem Gesprächspartner erbeten, waren ähnlich unbedeutend. Sie habe nun, nachdem ihr die Umsorgung von Harald abgenommen war, recht viel Zeit. Sie nutze diesen Gewinn als Mitglied eines

Kirchenchors, sie lese sehr viel, kümmere sich um ihren Haushalt, koche gerne; sie habe auch häufig Gäste.

»Du musst auch mal wieder bei mir vorbeikommen«, forderte sie dann spontan. Ulrich überging die ausgesprochene Einladung; ob sie sich schreibend betätige, fragte er stattdessen. Die hinzugefügte Bemerkung, sprunghaft und sehr provokant, als Germanistin sollte sie doch wohl mehr hinterlassen als läppische Eintragungen in Notiz- oder Tagebüchern, schien sie bewusst zu überhören, sie ging jedenfalls mit keiner Silbe darauf ein.

Nach einem dritten Bier, bayrisch-volkstümlich stets Halbe, nach der Vertilgung einer sättigenden Mahlzeit, verließen beide das gemütliche Lokal, das im hohen Norden nicht nur über den Namen Ehre eingelegt hatte für das schöne Bayernland.

Man trennte sich vor der Tür, nicht ohne ein baldiges Wiedersehen ausgemacht zu haben, natürlich in Philines Wohnung, um sich noch nachhaltiger auszutauschen und zusätzlich das Ergebnis ihres handwerklichen Geschicks in der Küche zu genießen.

Beschränken sich Ulrichs Erlebnisse in letzter Zeit, beschränkt sich sein Erleben, wie er erzählt hat, wirklich nur auf die drei Dinge, Lektüre, Leserbriefe, Geplauder am Kaffeetisch über Probleme der Umwelt? Wir haben ihn bei seinen nächtlichen Auto-Aktivitäten auf den Straßen begleitet – das waren sicher keine Bagatellen, eher Vergehen, die man selbst engeren Freunden trotz Nachfrage verschweigt. Schämte er sich dieser Taten? Sind sie nicht erwähnenswert, weil zu unbedeutend in seinen Augen?

Sein Tagebuch gewährt uns Einblick in seine Gedankenwelt. Wir lesen von »kindischen, sinnlosen Taten, die nichts bewirken« und »aufhören sofort.«

Wir lesen aber auch: »Manchmal fällt mir Philines Altbauwohnung wieder ein. Immer wenn wir am Tisch saßen, blickte ich bei ihren Belehrungen auf das große Bücherbord, das die ganze Wand bedeckte. Bis oben hin war es mit Büchern gefüllt. Soviel Wissen! Wenn ich das alles im Kopf hätte oder wenn ich mein Studium nicht abgebrochen hätte, wäre ich dann in einer glücklicheren Situation, wäre ich dann zufriedener? Wäre ich dann meinem idealen Zustand, meinem Fixpunkt näher gekommen? Ich glaube das nicht!«

Und beim Weiterlesen bemerken wir Ulrichs Bemühen, einerseits immer wieder sein formuliertes mathematisches Modell seinen Lebensumständen anzupassen und andererseits seine sehr häufig wiederkehrenden Zweifel am Gelingen. Er schreibt:

»Meine Vorstellung war ja nun, dass meine Lebenssituation in Anlehnung an die Mathematik sich beständig schrittweise verbessert, hin zu einem optimalen Zustand – dem einsamen Sonderfall des Möglichen –, der zwar unerreichbar, wie ich weiß, dem man sich aber immer weiter annähern kann. Ist das hier der Fall, trifft meine Vorstellung hier zu?

Wenn bei dem mathematischen Modell diese Annäherung an den Fixpunkt, die Iteration, nicht wie gewünscht funktioniert, man sich im schlechtesten Fall sogar von ihm entfernt, so kann man, das habe ich gelernt, bestimmte Mängel vermuten, nämlich eine fehlerhafte Voraussetzung oder eine unbrauchbare Zuordnungsvorschrift. Beides Dinge, die man dann ändern muss.«

»Warum sollte«, lesen wir, »im Bedarfsfall hier bei der Anwendung meiner Theorie, die Beseitigung solcher, dieser Mängel, des einen, wie auch des anderen, nicht auch möglich sein? Oder, im schlimmsten Fall, warum könnte ich nicht, bescheidener, den Erwartungshorizont, der meine zukünftigen Lebensumstände betrifft, überdenken und gegebenenfalls verengen?«

Legen wir Ulrichs Zeilen nun beiseite. Wir sind hinreichend informiert, wir wollen doch wirklich nicht indiskret sein. Fassen wir jetzt an dieser Stelle nur noch zusammen. Wir meinen: Unser Ulrich ist mit dieser Einsicht oder dieser Bereitschaft auf seinem richtigen Weg. So kann es beständig dem Zieleinlauf und dem Fixpunkt entgegen gehen. So wird unterwegs auch das Heim, anders zwar als übertreibend von einem alpenländischen Barden gesungen, für ihn nicht zum Paradies, aber – von siebzehn Jahren war kürzlich an einer Stelle die Rede – während dieser langen Zeit zumindest erträglich. Das prophezeien wir!

Epilog

Schöpfer und Schöpfung verbindet in der Regel eine innige Beziehung. Das hat zur Folge, dass jener, ähnlich einer sorgenden Mutter, die nur schweren Herzens ihr geliebtes Kind in die Welt ziehen lässt, sich auch manchmal ungern von seinem Werk trennen mag.

Auch ein Autor kennt diesen Trennungsschmerz. Nur selten schiebt er das Vollbrachte, sei es ein Roman, eine Erzählung oder Ähnliches von heute auf morgen beiseite, um sich ganz neuen Dingen zuzuwenden.

Vielmehr beobachtet man – will er womöglich die Trennung hinauszögern? – dass der Autor dem interessierten Leser ausführliche Informationen, die das beendete Werk betreffen, anbietet.

Es muss nicht gleich wie bei T. Mann »Die Entstehung des Doktor Faustus« folgen, aber – nicht selten unter der Überschrift ›Epilog‹ – liest man einiges, als da sind Danksagungen, Beschreibungen von Arbeitstechniken, Historisches, Kochrezepte und vieles mehr.

Könnte man an dieser Stelle nicht auch Mathematik anbieten?

Ja, das ist es! Anstelle von Kochrezepten eine Exkursion in die Mathematik!

In der vorliegenden Erzählung gebraucht unser Protagonist, der gescheiterte Student Ulrich, die Fixpunkttheorie und die Fixpunktsätze als Lebenshilfe.

Fixpunktsätze finden in der Angewandten Mathematik ihre Verwendung. Man benutzt sie, um Gleichungen zu lösen, die mit der gewünschten Genauigkeit anderweitig nicht lösbar sind. Dabei wird $f(x) = 0$, deren Lösung gesucht ist, umgewandelt in die Form $x = g(x)$, die Fixpunktgleichung.

Dieser Schritt ist auf vielerlei Art möglich.

Wenn jetzt der Graph des Terms g(x) in der Umgebung der gesuchten, unbekannten Lösung bestimmte Bedingungen erfüllt, so liefert die Gleichung x = g(x) über einen geeigneten Anfangswert zuverlässig und schrittweise, iterativ also, mit beliebiger Genauigkeit, einen Näherungswert für die Lösung von f(x) = 0 (s. Skizze Außendeckel). Zusätzlich entnimmt der Nutzer diesem Iterationsverfahren ohne viel Aufwand eine hochwillkommene Fehlerabschätzung; d.h.auf der unendlich langen reellen Zahlengeraden erhält er ein Intervall in dem sich die gesuchte Lösung sicher befindet.

Für den Mathematiker ergibt sich der Wert der Fixpunktsätze und ihrer Anwendung aus der raschen Konvergenz, also der schnellen Annäherung an den Fixpunkt und dieser mitgelieferten Angabe des jeweiligen maximalen Fehlers.

Um meine Ausführungen zum Ende zu bringen:

Unser Protagonist glaubt nun, diese Fixpunkttheorie auf den Verlauf seines Lebens anwenden zu können. Er meint, die sich verändernden Lebensumstände würden sich von Mal zu Mal bei jeder Änderung, ähnlich wie in der Mathematik in kleiner werdenden Schritten, verbessern, sodass eine beständige Annäherung an den für ihn idealen, jedoch unerreichbaren Zustand stattfindet.

Da Ulrich einen Messbecher für Lebensqualität nicht zur Verfügung hat … Glaube versetzt Berge, lautet ein Sprichwort.

Der Abschied

Kapitel I

Ulrichs Bruder trat aus der Friedhofskapelle hinaus in die Helligkeit des Sommertages und folgte zusammen mit den übrigen Trauernden, angeführt von dem Geistlichen und den nächst Betroffenen, dem Sarg, der auf einem Wagen geschoben wurde. Das Ziel war das bereits ausgehobene Grab.

Man geht sehr langsam bei so einer Beerdigung, zögerlich werden die Schritte gesetzt, es wird nicht gesprochen, man sinnt, man murmelt. Auch Ulrichs Bruder, schwarz gekleidet, überdachte die Aussagen des Geistlichen – die Rede sei schön gewesen, meinte man – und wandte sich an seine Begleiterin:

»Leider«, sagte er leise und vorwurfsvoll zu ihr und tat gerade so, als rede er mit sich selbst, »habe ich mir außer einiger Lebensdaten und dem Werdegang kaum etwas merken können von den erbaulichen und tröstenden Teilen der Predigt. Beschäftigt hat mich«, so fuhr er fort im leicht spöttelnden Tone, »die ganze Zeit der Doktortitel, mit dem der Name des Verstorbenen auf beiden Kondolenzlisten versehen war. Er kann doch unmöglich seine Promotionsbemühungen von früher wieder aufgenommen und kurz vor seinem Tod beendet haben! Ehefrau und Mutter müssen ihm im gegenseitigen Einverständnis diesen Titel verliehen haben. Kannst du dieses Verhalten deuten? Warum nur machen sie das? Was sagt der Psychologe dazu?«

»Durch so einen Titel fühlen sich die Hinterbliebenen aufgewertet und dadurch vielleicht auch weniger schutzlos«, meinte die Begleiterin. »Und das kurze Leben des Toten soll bedeutender erscheinen«, fügte sie noch an, »und so der Tod noch schrecklicher«.

Ulrichs Bruder schwieg. ›Das kurze Leben‹, dachte er, und weil der Weg zum Grab noch lang war, reichte die Zeit aus, um

an längst Vergangenes und an ein kurzes Leben zu denken –
wie immer, wenn er einer der vielen Beerdigungen der letzten
Jahrzehnte beiwohnte.

Er erinnerte sich der Grablegung des Jungen, Ulrich, vor
mehr als vierzig Jahren. Damals war eine Beerdigung für ihn
noch ein seltenes Ereignis gewesen, sie hatte ganz in der Nähe
stattgefunden, Kapelle 10, und er hatte heftig geweint, seinerzeit.

Kapitel II

Zahlreich und sehr vielfältig sind die Geschichten, die von der Seefahrt berichten. Steigen wir hinab auf der langen Leiter, die von der Gegenwart hinunterführt in die Vergangenheit – immer wieder stehen Menschen, die auf Schiffen die Meere überqueren im Mittelpunkt: Von den Heldentaten eines Odysseus und seiner Mannschaft wird berichtet, von einem alttestamentarischen Sünder, der, von seinem Gott bestraft, von einem Fisch verschlungen wird. Wir lesen von den Abenteurern der christlichen Seefahrt, ob sie nun Walfänger sind und Ismael genannt werden wollen oder aber Robinson Crusoe heißen und zu den Helden unserer Kindheit gehören.

Recht weit oben auf einer der ersten Leitersprossen ist die Geschichte von dem Seefahrer Ulrich K. angesiedelt. Sie ist schnell erzählt, denn sie beschreibt nur zwei Jahrzehnte eines unbedeutenden Lebens, das zusammen mit den hinter uns zurückbleibenden Jahren immer mehr in der Dämmerung verschwindet und sie endet auf einem Küstenmotorschiff, in Fachkreisen an der Küste spricht man von einem Kümo. Solche Schiffe verkehren in Küstennähe zwischen Norddeutschland und Skandinavien auf der Nord – und Ostsee. Ihre Fahrten über die Meere sind folglich kurz, die Liegezeiten bei häufigen Hafenaufenthalten dagegen lang. Diese Aufenthalte und diese Kurzreisen sind nicht nur dem Reeder ein Graus; uns lassen sie ein wenig zögern, Seereisen dieser Kümos einzureihen in die oben genannten großen Vorbilder.

Aber erzählen wir der Reihe nach. Unser Held, wir nennen ihn also Ulrich, wurde während des Zweiten Weltkrieges in der norddeutschen Stadt H. geboren. Zum Zeitpunkt seiner Geburt hatte dieser Krieg ziemlich genau bereits 34 Monate stattgefunden, weitere 34 Kriegsmonate sollten noch folgen.

Ulrichs Elternhaus war kleinbürgerlich, zwei ältere Geschwister, die Mutter Hausfrau; der Vater, Angestellter einer Bank, war, als sein drittes Kind auf die Welt kam, Soldat in Russland. Die Familie, in die der kleine Ulrich hineingeboren wurde, war erkennbar auf dem Weg nach oben. Der Vater, er stammte wie seine Ehefrau aus einer Arbeiterfamilie, hatte bereits die höhere Schule bis zur mittleren Reife besucht. Des Vaters älterer Bruder, man erzählte Wunderdinge von ihm, hoch intelligent sei er, habe bei seinem Abitur die Aufgaben in Mathematik in kürzester Zeit gelöst und abgegeben, hatte als Luftwaffenpilot Karriere gemacht. Ulrichs Eltern, wie viele andere auch, träumten von einer besseren Zukunft für sich und die Kinder. Was kümmerte sie der Bombenterror, den die deutschen Flugzeuge mit ihren Piloten im spanischen Bürgerkrieg ausübten – eine neue Zeit war schließlich angebrochen.

Kurz nach dem ersten Geburtstag unseres Helden, im Juli 1943, wurde das Kind jäh aus seinem Kinderwagenfrieden gerissen. Der Stadtteil seiner Kleinkinderzeit, damit auch die elterliche Wohnung, wurde das Opfer eines erfolgreichen britischen Luftangriffes. Ulrich wusste aus Erzählungen, dass er und seine Geschwister mit Mutter und Großmutter – sie wohnte in der Nähe und suchte während der Fliegerangriffe denselben Hochbunker wie ihre Tochter auf – nach der Rückkehr aus dem Bunker vor dem zerstörten, brennenden Miethaus standen. Man berichtete ihm weiterhin, dass sich niemand in das Wohnhaus während des Brandes hinein zu gehen getraute, da sich der Eingang innen in einem Wohnblockgeviert befand. Man wagte es nicht, den Innenhof durch den Torweg zu betreten, denn alles brannte lichterloh, erstaunlich bei festem Mauerwerk. Die Wohnhäuser drohten einzustürzen; der sichere Innenhof, die Spielstätte seiner Geschwister, der Stellplatz für seinen Kinderwagen bei Sonnenschein, all dies war unerreichbar. Endzeitstimmung, Chaos breitete sich aus.

Trotz Strafandrohung wurde geplündert. Kellerräume, so erzählte man, waren aufgebrochen worden. Panik unter den Erwachsenen, albtraumhafter Schrecken für die Kinder. Man besaß tatsächlich nur noch das, was man am Leibe trug und die wenigen Gegenstände, die man in den Luftschutzbunker mitgenommen hatte. Man war ausgebombt – welch schöne Bezeichnung. Die Vorsehung hatte nicht geholfen, wie sie es so oft beim Führer getan hatte oder wie sie seinerzeit Ulrichs Mutter beigesprungen war, als sie im Bunker während eines Fliegerangriffs nur deshalb von einer unvollkommen verschlossenen Eisentür, die plötzlich mit großer Gewalt aufsprang, nicht am Kopf getroffen wurde, weil sie sich zufällig zu ihrem Kind im Kinderwagen vorgebeugt hatte. Nein, die Vorsehung, sie hatte sich herausgehalten.

Was geschah weiter? Ulrichs Familie wurde evakuiert; sie wurde wie viele andere auch, mittellos, in die ländliche Umgebung der Großstadt verbracht. Die Reise unternahm man auf einem überfüllten Lastwagen mit Anhänger, das Gefährt seiner frühen Jugend, den Kinderwagen, vertäute man auf der Deichsel des Anhängers. Die Familie erreichte ein vorläufiges Ziel und dann auf Umwegen den damaligen Aufenthaltsort des Soldatenvaters: die schöne Stadt Wien an der blauen Donau, genauer, einen Vorort im Südwesten der Stadt. Der Held unserer Geschichte, ein Kleinkind noch, wurde krank, man sagte später, er kämpfte damals mit dem Tode. Nun er genas; wir sehen ihn, angetan mit warmer Kleidung: Pullover, kurze Hose, lange Wollstrümpfe, Stiefel. Zum Schutze der Kleidung hatte man ihm einen Spielkittel übergezogen. Pausbäckig, glatte, nach vorne fallende Haare, skeptischer, ein wenig misstrauischer Gesichtsausdruck.

Ulrichs Bruder erinnert sich an Photographien, auf denen der Kleine abgebildet war, herausgeputzt als Soldat, Papiermütze auf dem Kopf, Holzgewehr über der Schulter.

Nun, Ulrichs Vaterland samt Österreich, Großdeutschland, befand sich im Krieg, vom Endsieg wurde gesprochen – aber dieser war fern, denn die Flugzeuge, die seine Heimatstadt verbrannt hatten, näherten sich auch der schönen Stadt an der Donau. Die Kinder sammelten Bombensplitter, wie interessant, sie schauten den Soldaten zu, die auf einem nahegelegenen Exerzierplatz übten und unter denen sich auch der eigene Vater befand. Die älteren Kinder bewiesen ihren Mut an den Geräten auf diesem Platz, der Krieg war noch fern für die Kinder – wenn auch wegen des Krieges kaum Schulunterricht stattfand.

Nur manchmal erahnte man seine Nähe: Gerne erzählte die Mutter, dass ein vom Himmel fallender Metallsplitter sie beinahe am Kopf getroffen hätte als sie den kleinen Ulrich während eines Fliegeralarms auf dem weitläufigen Grundstück suchte. Der Splitter wurde aufbewahrt, herumgezeigt und bestaunt.

Wo hatte sich der Kleine während dieses Beinaheunglücks aufgehalten? Nun, er hatte am Zaun des Trainingsgeländes auf dem sein Vater das Kriegführen übte, auf seinen Erzeuger gewartet.

Das Grundstück, das die Villa umgab, in der Ulrichs Familie Quartier bezogen hatte – wohl nicht gerade zur Freude der Besitzer – war riesig, sodass die gesamte Kinderschar, Ulrichs Geschwister und weitere jugendliche Bewohner des Hauses, wunderbar spielen konnten. Man vergnügte sich beim Versteck spielen, wobei die Älteren stets ein Auge haben mussten auf die Kleinen: Denn das Grundstück wurde von einem schmalen Bach durchflossen, der, an einer Stelle zu einem tiefen Bassin aufgestaut, eine Gefahr für die Nichtschwimmer unter den Kindern werden konnte.

Der letzte Kriegssommer verstrich, die schöne Zeit am Rande von Wien ging vorüber, das Kriegsende kam näher. Die Rote Armee rückte nach Westen vor und näherte sich Wien.

Ulrich, seine Geschwister und seine Mutter flohen heim ins Reich: Es war eine dramatische Flucht, die auf ganz unterschiedlichen Verkehrsmitteln stattfand. Die Fliehenden fuhren zunächst mit dem Autobus nach Melk an der Donau. Ulrich meinte sich an brennende Eisenbahnen zu erinnern (oder wusste er all dies nur aus den Erzählungen der Älteren?), an furchterregende Tieffliegerangriffe vor denen sich die Flüchtlinge im Wald versteckten, an einen einzelnen Soldaten, der zum Schutze des Busses und seiner Insassen vorne neben dem Fahrer saß und ein Gewehr in der Hand hielt.

Man erreichte das Kloster Melk, dort bestiegen alle, Frauen und viele, viele Kinder, die bereitliegenden Schiffe: Es waren Kohlenlastkähne, Schuten, die zu zweit nebeneinander zu einem großen Schleppzug vertäut worden waren. Die Schuten wurden Donau aufwärts gezogen, die Passagiere lagen im Laderaum auf den Kohlehaufen. Der kleine Ulrich wurde recht rigoros an seinen älteren Geschwistern festgebunden, wenn seine Mutter zum Essen holen den Laderaum verließ. Immer wieder starben Kinder, erfuhr man, an der Ruhr, hörte man, ansteckende Krankheiten gingen um. Die Schiffe passierten Linz, hier erhielten die Flüchtlinge zur größeren Bequemlichkeit Strohballen als Unterlagen; sie erreichten schließlich Passau. Die Reisenden stiegen hier auf die Eisenbahn um, und die Reise ging weiter nach Süden. Die Züge hielten häufig auf freier Strecke, weil Gleise zerstört oder überlastet waren und manchmal, die Kinder hatten den Eindruck, kaum vorwärts zu kommen, bewegten sie sich scheinbar grundlos wieder in die entgegengesetzte Richtung. Schließlich hielt der Zug, die Waggons wurden entladen, alles ging recht planlos vonstatten.

Ulrichs Familie landete in der Nähe von Altötting, dem bekannten Wallfahrtsort, dem Zentrum katholischer Frömmigkeit, auf einem Bauernhof. Die Situation war die folgende: Eine Familie aus einer norddeutschen Großstadt, eine Mutter mit drei Kindern, lebte zusammengepfercht in einem Raum, in einem ofenbeheizten kleinen Zimmer auf einem abseits gelegenen Bauernhof am Rande eines Waldes.

Die Bauernhöfe in diesem Teil Oberbayerns sind Viereckhöfe, eine Seite des Hofes war Wohnhaus mit Pferdestall, gegenüber dem Wohnhaus stand die Scheune. Die Gebäude, die links und rechts vom Wohnhaus das Viereck, häufig sogar ein Quadrat, schlossen, enthielten Ställe für Kühe oder Schweine. Unter dem Dach über den Ställen waren Räume zur Futteraufbewahrung. Innerhalb des Vierecks lag in einer Ecke der große Misthaufen, rechts vom Wohnhaus, dort wo zwei Seiten des Vierecks zusammenstießen, war ein Tor, sodass man den Hof auf der Diagonalen durchfahren und auf der gegenüberliegenden Seite durch ein weiteres Tor wieder verlassen konnte. Auf der linken Seite des Wohntraktes, außerhalb des Gevierts, jedoch angelehnt an das Haus, befand sich das Plumpsklo, stabil aus Holz gefertigt; vom Sitzbalken aus hatte man einen schönen Blick auf das mit Fliegengitter zugenagelte Speisekammerfenster.

Nun darf man nicht annehmen, dass die Flüchtlinge hochwillkommen waren bei ihren Wirtsleuten. Trotz großer Frömmigkeit der Bauersleute und regelmäßigem Kirchgang, trotz der Nähe eines berühmten Marienwallfahrtsortes – den norddeutschen Flüchtlingen, den Preußen, wurde deutlich gemacht, dass sie Flüchtlinge waren. Ulrich und seine Familie hungerten, sein älterer Bruder ging wie viele der Flüchtlinge unter die Hamsterer. Empfand er sich als Bettler? Keineswegs! Wie war sein Vorgehen? Beobachten wir ihn! Er schellt an der Haustür. Misstrauisch wird geöffnet.

»Hast du ein Stück Brot für mich oder Schmalz oder Butter?«, fragt er unbefangen – man gewöhnt sich an vieles. – »Vergelts Gott!«, sagte er, wenn gegeben wurde.

Der Bittsteller, jung und lernfähig – schnell hatte er, ohne

Dickens gelesen zu haben, seine Technik verbessert und sich auch die gebräuchlichen bayrischen Redewendungen angeeignet – zog auf diese Weise von Hof zu Hof und trug so sehr erfolgreich bei zur Ernährung seiner Familie.

Die bäuerlichen Betriebe in diesem Landkreis in Oberbayern liegen abgeschieden und weit verstreut innerhalb der sie umgebenden Felder. Der nächste Hof und erst recht das nächste Dorf mit Kirche, Gasthof, Brauerei und Schule sind häufig weit entfernt. In unserem Fall war die nächste Ortschaft erst nach einem einstündigen Fußmarsch zu erreichen. Aber einen Nachbarhof gab es in Rufweite. Den hatte einer der Söhne des Altbauernhofes seinerzeit, als er sich verheiratete, für sich und seine Familie neu erbaut. Hier gab es Spielgefährten für Ulrich und seine Geschwister, während auf dem ursprünglichen Hof eine alte Bäuerin ihre zwei erwachsenen Kinder, Tochter und Sohn und eine junge Magd befehligte. Karg ging es zu auf diesem Gehöft, Ulrich könnte sich daran erinnern, dass der Sohn häufig auf einer Bank im Pferdestall schlief und die Tochter, nicht mehr ganz jung und unverheiratet – die Männer waren knapp – verbittert und böse mit großem Geiz die Speisekammer bewachte.

Was ist noch haften geblieben aus diesen frühen Kindheitsjahren?

An stundenlange Fußmärsche könnten sich die Kinder erinnern, sie waren nötig, um die nächste Kleinstadt, Altötting zu erreichen, wo noch in den letzten Kriegstagen, am 28. April 1945, mehrere Menschen erbarmungslos von Nationalsozialisten, die noch an den Endsieg glaubten, ermordet wurden.

Was war dort geschehen? Regimegegner, die sich als Gruppe »Freiheitsaktion Bayern« nannten, hatten über einen Sender zur »Fasanenjagd« aufgerufen, vorschnell, wie sich erwies. In der kleinen Stadt wollten nun einige Männer die »Befehlsspitzen der Partei durch Festnahme aktionsunfähig machen, wenn die

Amerikaner die Nähe Altöttings erreicht hatten«. Denn man fürchtete die Sprengung von Brücken, Versorgungseinrichtungen – nicht grundlos, wie sich zeigte. Das Vorhaben misslang, ein SS-Kommando schlug den Aufstand nieder. Standgerichte wurden abgehalten, ungesetzlich in der Form, auch aus damaliger Sicht; sieben Männer wurden erschossen.

Fußnote: Auch in der Nachbarkleinstadt Burghausen, Schulstadt, Sitz eines alten humanistischen Gymnasiums, richtete man an diesem Tag drei Männer hin, durch Genickschüsse, wegen ähnlicher ›Delikte‹.

Von all diesen Dingen erfuhr unsere Flüchtlingsfamilie seinerzeit nichts, lassen wir die alten schrecklichen Geschichten ruhen und schweigen wir zur Rechtsprechung kurz vor und kurz nach Ende des Krieges.

Woran erinnert er sich noch, der kleine Ulrich, in späteren Jahren?

Die Empörung könnte ihm einfallen, die aufkam, als er im kindlichen Übermut Handschleifsteine, die man zum Schärfen der Sensen beim Mähen dauernd benutzen musste und die in der Nähe des Plumpsklos aufbewahrt wurden, in eben dieses Plumpsklo hineinwarf. Auch an die Jauchedusche, könnte er sich eventuell erinnern, die er abbekam, als er den Jauchewagen verfolgte und der Traktorfahrer hinterhältig während der Fahrt den Verschluss öffnete.

Möglicherweise erinnert sich Ulrich an Weihnachten, an den Besuch des Krampus (ein Gehilfe des Nikolaus, der das Wohlverhalten der Kinder überprüft), den der Sohn der alten Bäuerin spielte, wie später erzählt wurde, Furcht einflößend und schrecklich echt. Aber er war noch sehr klein damals kurz nach dem Kriege, eher unwahrscheinlich ist die Erinnerung an diese frühen Jahre seines Lebens; daran, dass seine beiden Geschwister und auch die Nachbarskinder bald nach dem Kriege bereits wieder zur Schule gingen, in das nächste, weit entfernte

Dorf, in eine sogenannte Zwergschule, in der mindestens zwei Altersstufen in einem Raum saßen. Was gibt es darüber zu erzählen? Die Kinder, fünf, sechs an der Zahl, marschierten auch im Winter – der Winter 1946/47 war besonders schneereich und sehr kalt – in stockdunkler Nacht im Tiefschnee vier Kilometer hin zur Schule und nachmittags dieselbe Strecke zurück.

Der eine Klassenraum, in dem der Unterricht am Vormittag stattfand, war gut geheizt, der heiße Ofen wurde genutzt zum Trocknen der nassen Kleidungsstücke der Schüler. Wer hatte wohl eingeheizt morgens, vor dem Unterricht, ein Gehilfe der Lehrerin, sie selbst? Sie war weißhaarig, bereits recht alt, oder dachten dies nur die Kinder? Sie war keine Einheimische, ein Flüchtling, wie man sagte, eine Dame.

Der kleine Bruder erfuhr durch die Berichte der Älteren, dass im Winter die tiefverschneiten Wege mit Fichtenstöcken markiert waren. Dass im Frühjahr, wenn der Schnee schmolz, auf den Wiesen und in den Straßengräben das Wasser kniehoch stand, sodass sie, die Großen, bereits nasse Füße hatten, wenn sie vom Bauernhof kommend die nächste Straße erreicht hatten. Der Tagesablauf der Älteren erschien ihm abenteuerlich, und Ulrich beneidete damals seine Geschwister.

Irgendwann, nach dem Ende des Weltkrieges, das ist den Kindern gegenwärtig, im Herbst 1945, tauchte auch der Soldatenvater nach einer Odyssee durch das zerstörte Deutschland in Oberbayern auf. Er hatte in seiner Heimatstadt die Adresse seiner Familie im fernen Bayern herausbekommen. Der Vater fand Arbeit in einem 7 km entfernten Chemiewerk. Diese Entfernung brachte es mit sich, dass er große Strecken auf Schusters Rappen zurücklegen musste; die Holzschuhe, die man damals benutzte, hatten nicht die günstigen Eigenschaften gut gewachster Langlaufskier. Unter ihren Sohlen klebte der Schnee und Ulrichs Vater, der ohnehin schon recht groß war, schritt jetzt daher wie auf Stelzen.

Nach der Kapitulation besetzten die Amerikaner, die Sieger, den Landkreis. Die Kinder konnten sich gut daran erinnern, denn deren Lastwagen und Jeeps standen in langen Kolonnen auf der Straße. Die Besiegten arbeiteten gut mit den Siegern zusammen, indem sie sich gegenseitig denunzierten und ihnen die versteckten Gewehre und vergrabenen Motorräder verrieten. Die Besatzungssoldaten wiederum, die zu den Kindern der Besiegten ausgesprochen freundlich waren, sich ihnen gegenüber sehr spendabel verhielten und deshalb bei denen sehr beliebt waren, erschossen den Bauersleuten, die häufig auch die Waldbesitzer waren, ihre Rehe. Zur Empörung aller gingen sie nachts mit ihren Jeeps mit aufgeblendeten Scheinwerfern auf die Jagd. Und einmal, das war den Flüchtlingskindern noch vor Augen, ergatterte der Vater, offensichtlich zum Leidwesen ihrer Gastgeber, Rehfleisch von den Amerikanern, weil er sich ein wenig mit ihnen in deren Muttersprache unterhalten konnte.

Ulrich, erinnerst du dich noch an unsere Spiele auf den Bauernhöfen, auch auf denen in der Nachbarschaft? An den Schabernack, den wir mit dem gutmütigen Zugochsen trieben, an das Beschlagen der Pferde, an den gefährlichen Umgang mit den Bienen am Bienenstock, an das Brotbacken im Steinofen? An das Geschrei, das wir veranstalten sollten, den Fuchs oder Habicht zu vertreiben, die sich bei helllichtem Tag ein Huhn holten? (Offensichtlich hatten die Tiere schnell gemerkt dass die Bauern keine Gewehre mehr besaßen oder benutzen durften.) Ulrich, träumst du noch manchmal von Schneemengen im Winter, von der Kälte, vom Holz sägen im Tiefschnee? – Was für eine Kindheit!

Im darauf folgenden Jahr erhielt Ulrichs Familie eine neue Unterkunft, ein Zimmer zunächst, später zwei, auf einem Bauernhof, der wenige Kilometer weiter zu einem anderen Dorf gehörte. Hier wurde der Kleine auch eingeschult, im Jahr der Währungsreform. Gemeinsam mit den zwei Kindern seiner Wirtsleute und zusammen zunächst mit seinen älteren Geschwistern marschierte er jeden Morgen zum Unterricht. Auf einer Photographie sehen wir den kleinen Ulrich lachend vor einem Schulbuch sitzen, ein freundliches Kind, glatte Haare, aufgeweckt, optimistisch – so hat es den Anschein.

Ach hätte er doch dort, im oberbayrischen Voralpengebiet, bleiben können. Wie wäre sein Leben dann verlaufen? Kann man Einfluss nehmen auf den Verlauf? Ist er vorbestimmt? Wenn es so sein sollte, kümmert sich dann eine höhere Instanz um den Einzelnen? Hält jemand schützend die Hand über das hilflose Lebewesen, wenn es sich auf der vorgegebenen Bahn bewegt? In unseren Fall schien das nicht so gewesen zu sein.

Der kleine Schulanfänger ging jedenfalls, zusammen mit seinem Bruder und anderen Kindern, regelmäßig zur Schule, in die Zwergschule im nächsten Dorf.

Dessen wichtigste Teile, Friedhof, Kirche, Pfarrei und Schule befanden sich auf einem Endmoränenhügel (der Gasthof, auch sehr wichtig, lag verkehrsgünstiger am Fuße des Hügels); sie erreichte man über eine vielstufige Treppe. Jeden Morgen ein Fußmarsch über mehrere Kilometer, während die ältere Schwester den mühseligen und langen Weg zum Gymnasium in die nächste Kleinstadt per Fahrrad, Bahnfahrt, Fußmarsch zurücklegen musste.

In seinem letzten Jahr in Bayern, sein Bruder war inzwischen seiner Schwester auf das Gymnasium gefolgt, ging er dann nur noch in Begleitung der Tochter seiner Bauernwirtsleute, die, etwas älter, fürsorglich immer genau wusste, welche Hausaufgaben anzufertigen waren.

Unser Held war, soviel kann man sagen, ein unaufmerksamer Schüler, der viel vergaß und die Pflichten, die auch ein sechsjähriges Kind manchmal aufgebürdet bekommt, kaum wahrnahm.

Im Frühjahr 1950 zog es Ulrichs Familie zurück in den Norden, in die zerbombte Heimatstadt H. Der Vater, der bereits ein Jahr früher dort in seinen alten Beruf zurückgekehrt war, hatte eine Zweizimmerwohnung in einem großen Mietshaus gefunden; sein Arbeitgeber, ein Bankhaus, hatte dabei geholfen.

Warum fiel die Rückkehr in die Stadt, die für alle Familienmitglieder Geburtsstadt war, so schwer?

Waren es die heißen Sommer – die Hitze war fast unerträglich – mit den gemeinsamen Badeausflügen zum nächsten Fluss, in dem die Kinder die ersten Schwimmzüge ausprobierten? Waren es die Versteckspiele in der Scheune? Oder waren es die Ernten, die man miterlebte, bei denen man half und bei denen man anschließend mitfeierte, mit Musik, mit Tanz, bei dem man bewundernd zusah? Waren es die Winter, mit den tiefen Temperaturen und dem vielen Schnee, die Unbequemlichkeiten beim Schulweg, die nassen und kalten Füße, all die Dinge, die beim Erinnern so leicht verklärt werden, die den Abschied so schwer werden ließen?

Wie hat Ulrich, der damals die zweite Klasse besuchte, die Rückkehr in seine Geburtsstadt empfunden? Als aufregend, spannend nehme ich an. Keiner hat ihn jemals danach gefragt.

Er hätte sicher nicht ausgesprochen, dass seine eigentliche Heimat, nach der Ausbombung in H. zu Beginn des zweiten Lebensjahres, nach der abenteuerlichen Flucht aus Wien im dritten Lebensjahr, der oberbayrische Bauernhof war. Den sollte er nun verlassen – ein Wohnortwechsel zu viel wahrscheinlich für ein siebenjähriges Kind.

Die Habseligkeiten wurden eingepackt, in Holzkisten zur Eisenbahn gebracht und vorausgeschickt, das Neue lockte. Die Kinder nahmen flüchtig Abschied von den bayrischen Spielgefährten, von denen die Scheidenden sicher beneidet wurden. Ein Wiedersehen wurde fest eingeplant, schon jetzt kam Wehmut auf. Bei strahlendem Frühjahrssonnenschein fuhr die Familie nach Norden.

In der norddeutschen Großstadt war der Himmel grau. Was hatten die Eltern ihren Kindern zugemutet! Dem Auszug aus dem Paradies folgte der Kulturschock in einer Trümmerstadt. Die ungewohnte andere Sprache verunsicherte die Kinder, über den bayrischen Dialekt lachte man. In der Schule kamen Begriffe vor, die man nicht kannte. Die Mitschüler waren im Stoff weiter, da das Schuljahr in Bayern nicht im Frühjahr sondern erst im Herbst begann; man hatte ein halbes Schuljahr überspringen müssen.

Die Wohnung der Familie in der neuen Heimat befand sich im obersten, dem vierten Stockwerk eines Mietshauses. In der kleinen Seitenstraße in einem Kleineleutestadtteil waren einige Häuser nach der Zerbombung wieder hergestellt worden. Die meisten allerdings waren noch Ruinen, eigentlich schrecklich anzusehen, zum Spielen jedoch sehr geeignet, zumindest für die Älteren.

Was tat der kleine Ulrich, der jetzt Achtjährige, in seiner Freizeit? Er war viel außer Haus, er hatte Freunde. Seine Eltern kümmerten sich wenig um ihren Jüngsten, sie lebten in Scheidung, wie man so sagte. Der Vater hatte sich während seines Alleinseins in der Großstadt eine Freundin zugelegt; es gab viele alleinstehende, heiratsfähige Frauen im Nachkriegsdeutschland, und die Männer waren rar. Kurz und gut – keine der beiden Frauen wollte auf den Mann verzichten. Die Zwistigkeiten zwischen den Eheleuten, in die sich auch noch die Schwiegermutter des Vaters einmischte, wurden in der kleinen Zweizimmerwohnung ausgetragen. Sozialer Abstieg drohte der Mutter mit ihren Kindern, man schämte sich in der Schule, im Bekanntenkreis.

Das Unglück nahm seinen Lauf: die Ehe der Eltern wurde bald darauf geschieden, der Vater schuldig. Die Kinder blieben bei der Mutter, die ohne brauchbaren Beruf, angelernt, als Näherin den Lebensunterhalt verdiente, notgedrungen. Die Kinder, unbeaufsichtigt, ließen in ihren schulischen Leistungen nach, die Älteste, die Schwester, erreichte mit Mühe die sogenannte Mittlere Reife und begann eine Ausbildung bei einer Sparkasse, Ulrichs Bruder scheiterte kurz vor dem Abitur, begann eine Schiffbaulehre auf einer Werft. Und unser Held, der kleine Ulrich, der mittlerweile groß geworden war, durchlief die Volksschule, heute Hauptschule genannt. Das Schulgebäude lag ganz in der Nähe seiner Wohnung an einer großen Straße. Es war ein hoher Bau mit rechteckigem Grundriss, die Längsfront mit vielen Fenstern der Straße zugewandt, der Schulhof auf der Rückseite. Ulrich nahm das »Durchlaufen« recht wörtlich; er schwänzte häufig den Unterricht, sodass die Lehrer ihn selten zu Gesicht bekamen. Seine Freunde, die Nachmittage zählten für ihn. Er wurde zur Strafe einer anderen Volksschule, einem düsteren Eckbau, ebenfalls in Wohnungsnähe, zugewiesen. Seine Schwierigkeiten mit den Lehrern und deren Probleme mit ihm, änderten sich kaum.-Solche Misserfolge machen nicht glücklich.

Womit füllte er seine Nachmittage, seine Abende aus? Er las gerne, das Gelesene beschäftigte ihn, denn er erzählte davon seinen Geschwistern. Einiges von dem, was ihn berührte, schrieb er nieder, die Ungerechtigkeiten der Welt erregten sein Mitleid; aber ähnlich den erfolglosen Bemühungen, sein eigenes Leben zu entwickeln, waren auch seine Wünsche nach gesellschaftlichen Veränderungen wenig ernsthaft. Trotzdem! Wir, die wir ihn begleiten, sind gerührt, wenn wir tagebuchähnliche Kalendereintragungen lesen, Gedankensplitter, Gedichte:

›Und einmal, da war ich jung und ich dachte mir: es wird etwas besseres geben … …‹

Ulrich beendete die allgemeinbildende Schule mit knapp sechszehn Jahren. Sein Vater, der sich stets in Ausbildungsfragen einmischte, bestimmte für ihn den Besuch einer Handelsschule. Kaufmännischer Angestellter sollte das Familiensorgenkind werden. Die Aufnahmeprüfung: nicht bestanden. Nun sollte es eine private Schule dieser Art sein. Viele gute Vorsätze, wenig Durchhaltevermögen, Schule schwänzen. Sein Vater später: »… er trieb sich im Stadtpark herum.«

Seine Familie hielt die Unterbringung in einem Haus der Wichernstiftung für angebracht, hier sollte er diszipliniert werden. Ach, er wurde kein fleißiger, zielstrebiger junger Mann nach den Vorstellungen der Alten.

Was tat er, wie verbrachte er seine Freizeit? Wir wissen nur das Offensichtliche: Er lebte mit zwei älteren Geschwistern und seiner Mutter in der Zweizimmerwohnung; die erwachsene Schwester schlief in einem umgebauten Badezimmer, die Mutter in einem Zimmer, das gleichzeitig Wohnzimmer war, unser Held mit seinem Bruder, dem Lehrling, im zweiten Wohnraum. Der für die Ausbildung der Kinder zahlende Vater war ausgezogen.

Die Restfamilie hörte abends oft gemeinsam Radio, Hörspiele, Kriminalstücke – das, was in den fünfziger Jahren für Bildungsbürger gesendet wurde. Ulrichs Bruder betrieb intensiv und mit großer Begeisterung seinen Sport, die Schwester hatte ihre Liebe zum Theater entdeckt. Man hatte durchaus den Eindruck, es ginge voran.

Im Frühjahr 1959 begann der kleine, große Ulrich, ein hübsches Kind, auf das die Mutter stolz war, eine Lehre in einer Firma, die mit Alkoholika handelte; er sollte den Beruf des Destillateurs und Küfers erlernen; vermutlich hatte der Vater, der den Firmeninhaber als Bankkunden kannte, diese Lehrstelle besorgt. Ulrich deckte sich in kürzester Zeit mit Literatur über Wein – und Schnapsproduktion ein – hat er je in seine Bücher hineingeschaut? Darüber hinaus blieb sein Interesse gering. Er sehnte, so konnte man beobachten, nur die Urlaubszeit herbei. Dann zog er los, als Autotramper ging es – natürlich – nach Oberbayern, in seine frühere Heimat, wo er, wir können es vermuten, vielleicht besonders glücklich war. Sein Beruf konnte auf alle Fälle ihm dieses Glück nicht vermitteln: Sein Lehrherr beschwerte sich häufig bei Ulrichs Vater, der Junge habe wenig Lust zu seiner Berufstätigkeit, er sei unzuverlässig.

Die nächste Urlaubszeit kam im Jahr darauf im Sommer, und Ulrich zog erneut los mit Seesack und auch sein Musikinstrument, eine Trompete, sollte ihn begleiteten. Eindringlich gewarnt von seinem älteren Bruder, der auf ähnliche Weise zuvor schon Europa bereist und Erfahrungen gesammelt hatte – überflüssiges Gepäck sei sehr hinderlich, wenn man Städte zu Fuß durchwandere, um Autostraßen zu erreichen; die Trompete sollte mit.

»Was willst du unterwegs mit der Trompete, du musst sie tragen, sie wird dir nur gestohlen!« So sein Bruder.

»Ich brauche sie, ich will unterwegs üben«, so der kleine Bruder.

»Du bist unbelehrbar, tu was du nicht lassen kannst, so bist du eben.«

Das Gespräch endete wie so oft bei solchen Auseinandersetzungen mit einem kleinen Streit. Der vernünftige Bruder, der sich an eigene Unvernünftigkeiten erinnerte, zog sich grollend zurück.

Irgendwann war er dann doch aufgebrochen, mit Trompete natürlich, und er kam auch so bald nicht wieder. Denn es geschah das Folgende: Ulrich schickte eine Ansichtskarte, aus Kehl am Rhein; nach zwei Tagen kam sie in seinem Elternhaus an. Kurz und knapp teilte er mit: »Ich habe gleich am ersten Tag unwahrscheinliches Glück gehabt. Herzliche Grüße, Ulrich.«

Vermutlich hatte er mit einem einzigen »Lift« die französische Grenze erreicht.

Dann hörte man lange Zeit nichts mehr von dem Trompete spielenden Glückspilz – seine Urlaubszeit verstrich – bis sich dann die deutsche Botschaft aus Spanien bei seinen Eltern meldete: ›Ihr Sohn Ulrich K. sei auf der Heimreise und man hätte das ihm vorgestreckt Geld von den Eltern gerne zurück.‹

Der verlorene Sohn erschien wieder in seinem Elternhaus, vier Wochen über die Zeit, ohne Trompete und nahm seinen Lehrberuf wieder auf. Man erfuhr von ihm wenig, er sei in Nordafrika gewesen und in Spanien, er habe viel erlebt, das Musikinstrument habe man ihm gestohlen, leider.

So verging das Jahr 1960. Ulrichs Bruder beendete seine Lehrzeit, baute weiterhin, nun als Geselle, auf der Werft Tanker zusammen, bemühte sich, nebenher das Abitur nachzumachen und spielte intensiv in einem Sportverein Handball.

Im Frühjahr 1961, am 13. Januar, verschwand Ulrich plötzlich aus seinem Elternhaus, er schickte einen Brief und verriet seinen neuen Aufenthaltsort, die DDR, die Sowjetzone:

»Liebe Eltern! Ihr braucht euch keine Sorgen zu machen, mir geht es gut. Ich habe im Arbeiter- und Bauernstaat Gelegenheit, etwas Sinnvolles zu erlernen. Der Grund meines Fortgehens war eure Schuld. Ich möchte nicht gleichgültig, unwissend und Mitbetrüger sein. Ich lehne mich auf gegen Bezeichnungen anderer Rassen wie Nigger und minderwertiges Volk, gegen den wieder aufgestandenen Faschismus und Militarismus, gegen die Reichen und für die Armen. Ihr alle seid schuldig daran, mit euren Autos und Fernsehapparaten, Kühlschränken, eurem Lesen von Königs – und Skandalgeschichten, eurer Eitelkeit und dem Egoismus, von dem ihr beherrscht werdet. Hier in der DDR baut man eine bessere Gesellschaft. Es tut mir sehr leid, dass ich von euch gehen musste, aber es geht nicht anders, wenn man kein Betrüger sein will.« Unterschrieben war der Brief mit: »Herzliche Grüße! Ulrich.«

Dieser Schritt und seine leidenschaftliche nicht immer ganz logische Begründung ließ natürlich den Rest der Familie nicht unberührt.

Ulrichs Mutter schrieb an ihre Tochter, die zu diesem Zeitpunkt nicht in H. lebte, und schilderte ihr das heimliche Verschwinden ihres jüngsten Sohnes:

»Ulrich ist verschwunden, vermutlich in die Ostzone. Ich will es Dir schreiben, damit Du gleich Bescheid weißt, denn Du musst alles wissen, was hier geschieht. Ich heule und habe zugleich eine Wut auf ihn; soll er den Weg gehen, den er gehen muss. Als er heute Abend nicht nach Hause kam, habe ich erst gedacht, er arbeitet länger. Die Uhr war halb neun, da ging ich in die Küche, um noch etwas Fisch für ihn zu braten. Als ich das Fett in der Pfanne hatte, kam mir der Gedanke, sollte er am Ende überhaupt nicht kommen, alles kam so blitzartig schnell – Gedanken, was sich in den letzten Tagen ereignet hat.«

Sie schildert weiterhin, wie der Verdacht in ihr aufkam und wie er bestätigt wurde. Sie fährt fort: »Soll er sich die Hörner abstoßen, in der Ostzone, ich weine nicht mehr darum, so kaltschnäuzig, wie er über alles hinweggeht, wollen wir auch werden; wir wollen uns wenigstens Mühe geben, denn ich glaube, er will es so. Meine Traurigkeit ist erstarrt, Ulrich ist mein ärmstes Kind.«

Bereits am 21. Februar erhielt seine alleingelassene Familie ein Schreiben aus der Dtsch. Demo. Republik aus dem Aufnahmeheim Pritzier:

»Werter Herr K. Ihr Sohn Ulrich K., geb. ... ... befindet sich seit einiger Zeit in der Dtsch. Demokratischen Republik. Er wurde bereits vom Aufnahmeheim Pritzier in die DDR eingewiesen, jedoch mussten wir die traurigsten Erfahrungen mit ihrem Sohn machen.

Obwohl ihm jede Unterstützung gegeben wurde, lehnte er jede Arbeitsaufnahme ab. Wir hätten gerne von Ihnen gewusst, aus welchem Grunde Ihr Sohn eigentlich in die DDR kam. Er erschien hier ohne Sachen und Arbeitsunterlagen und brach sein Lehrverhältnis in der Bundesrepublik ab. Teilen Sie uns bitte mit, welche Meinung Sie über die Zukunft Ihres Sohnes haben. Hochachtungsvoll!« Die Unterschrift war unleserlich.

Ulrichs Vater, so befragt, konnte die gestellte Frage nicht beantworten und forderte stattdessen die Rückkehr seines Sohnes ins Elternhaus. Bereits am 1. März war unser Ulrich wieder auf dem Boden der Bundesrepublik, die Polizei aus Büchen an der Zonengrenze hatte ihn in Empfang genommen. Er erhielt Geld von der Bahnhofsmission und löste eine Fahrkarte, nicht in seine Heimatstadt H., sondern nach Lüneburg. War dies Absicht, Zufall? War es der erste abfahrende Zug? – Keiner weiß es.

Nun begann eine Odyssee durch Deutschland, die ihn nach Straßburg führte und letztlich nach Trier, ohne Geld, illegale Grenzübertritte inklusive, denn Ulrich hatte keine Papiere bei sich. Hier in Trier, abgerissen wie er war, lernte er einen Jungen kennen, der ihm eine Bergwerksausbildung in Gladbeck schmackhaft machte.

Ohne Umschweife machte er sich dorthin auf den Weg und erreichte Gladbeck am 11. März 1961; er wurde in einem Jugendheim, Pestalozzidorf genannt, untergebracht, und er wohnte dort in einer Familiengemeinschaft. Er hatte darum gebeten, aufgenommen zu werden, er wollte nun eine Bergmannsausbildung beginnen. Ulrich teilte dies alles seiner Familie mit, er bat um Kleidung und versprach, sofern seine Eltern in die Ausbildung einwilligten, ihnen nicht weiter zur Last zu fallen:

»Verzeiht mir bitte, dass ich ohne Erlaubnis aus der Lehre und von euch gegangen bin. Hier gibt man mir eine reelle

Chance, gebt mir die Einwilligung, und ich falle euch nicht weiter zur Last. Schreibt mir bitte bald und schickt mir meine Sachen. Herzliche Grüße! Ulrich K.«

Das Berglehrlingsjugenddorf Gladbeck kümmerte sich gewissenhaft um den verlorenen Sohn Ulrich. Die Eltern waren mit der Ausbildung einverstanden. Ulrich arbeitete im Bergwerk, verdiente seinen Unterhalt, und sein Vater bat in einem ausführlichen Lebenslauf des Sohnes mit all seinen Verfehlungen um einen »energischen Vormund« und um »laufende Berichte über die Entwicklung des Jungen«.

Alles schien wundervoll gerichtet, der Sohn schrieb regelmäßig Briefe an sein Elternhaus und schmiedete große Pläne. Kurz vor Ostern:

»Ich habe euch schon oft versprochen, dass mir daran liegt, mich zu bessern, es waren immer nur leere Versprechungen, ich will diesmal nicht wiederholen, das zu sagen, was ich sagte, wenn etwas vorgefallen war, aber ich werde versuchen, so zu werden, wie ihr es wollt. Ich wünsche euch fröhliche Ostern. Herzliche Grüße, Ulrich K.« Seine Mutter antwortete am 5. April:

»Ich will auch versuchen, einige Bücher mitzuschicken. Die Bücher werden dir helfen, dich weiterzubilden, deine Gedanken zu erweitern und deinen Geist zu schulen, aber alles wird dir nicht weiterhelfen, wenn du selbst nicht ernstlich den Willen hast; ich möchte es dir immer wieder sagen, halte durch, auch wenn es noch so schwer fällt, du selbst wirst den Lohn haben, nur du selbst und kein anderer«, und sie ermahnte ihren Sohn, der dazu neigte, Mitmenschen sehr kritisch zu sehen, »betrage dich deinen Mitmenschen gegenüber immer freundlich und zuvorkommend … und denke daran, dass jeder seine Sorgen und Mühen hat und dass wir alle nur arme Menschenkinder sind und dass jeder Mensch ein freundliches Wort wert ist …« Man wird doch sehr an Fritz Reuter erinnert, den die Mutter als Norddeutsche natürlich kannte.

Ulrich verfasste weiterhin sehr optimistische Briefe, er erzählte von Jungen seines neuen Bekanntenkreises, die in die Fremdenlegion gehen wollten, von der Gedingearbeit, die hart sei, von seiner neuen Unterkunft, die sich seinen Worten nach kaum von der alten unterschied:

«Der Hausherr hält sich für unübertrefflich, ist aber ein Dilettant, die Hausfrau ist dumm, geschwätzig, falsch, kocht aber gutes Essen (immerhin!), das Kind ist verzogen.«

An seinen Vater schrieb er und erklärte ihm, weshalb er seinerzeit aus der DDR kommend seine Heimatstadt links bzw. rechts liegen ließ und nach Frankreich verschwand. Fairness gegenüber seiner Familie, so ließ er sich aus, habe ihn damals veranlasst, nicht wieder ins Elternhaus zurückzukehren, ansonsten:

»… ich arbeite als Bergmann, fühle mich als Bergmann und nehme bayrischen Schnupftabak in die Nase wie ein Bergmann.«

Einem der Briefe war eine Photographie beigelegt; wie sah er aus , damals? Wir sehen ein weiches, durch eine hohe Stirn schmales Gesicht, volle Lippen; ernst war es, mit tief liegenden Augen, gerader, beinahe zu fleischiger Nase, rundes Kinn, gerundete Wangenknochen. Der Kopf war wohlgeformt, was noch betont wurde durch einen wilden, dunkelblonden Haarschopf.

›Sieht so ein Bergmann aus?‹ hatte Ulrichs Bruder beim Betrachten des Bildes gedacht, so schmal, so lang, beinahe so lang wie er selbst, große Hände, sehr große Füße – ›Bergmann‹, hatte er gedacht – ,das konnte doch nicht alles gewesen sein!‹

Trotzdem, Ulrich hatte sich in Gladbeck eingelebt. Kurz nach seinem neunzehnten Geburtstag kam er ins Gedinge, d.h. er musste harte Akkordarbeit verrichten. Er berichtete darüber in seinen Briefen. Er schreibt über Verdienstmöglichkeiten, ungewöhnliches Verhalten seiner Bergmannskollegen – viele von ihnen schnupften – er spricht von Weiterbildung und davon, dass er eine Aufbauschule besucht und dass er dort »die Mittlere Reife erlangen kann«. Dass er einen Englischkursus besucht, denn … »es ist zu langweilig, wenn die freie Zeit nur mit Schlafen, Essen und Fernsehen ausgefüllt wird«.

Trotz der vielen Pläne – Ende September, also nach einem halben Jahr, ist die Bergmannskarriere vorüber; der rastlose Ulrich war wieder in seiner Heimatstadt H. Hier arbeitete er kurzzeitig in verschiedenen Berufen ausschließlich zum Gelderwerb, er erlebte sehr aus der Nähe den Tod der Großmutter im Spätherbst und ist davon tief betroffen.

Schließlich begann er in einem Photogeschäft eine Ausbildung zum Photographen – Kameramann oder ähnliches schwebte ihm vor. Literatur dazu war wie immer schnell besorgt: »Handhabung einer Kleinbildkamera«; aber Anfang 1962 ist diese Episode bereits wieder beendet.

Bis in den März folgten Hilfsarbeitertätigkeiten und am 5. März 1962 startete der letzte Abschnitt in unseres Helden kurzem Leben: Ulrich begann eine dreimonatige Ausbildung an der Seemannsschule H. in Bremervörde; er will Seemann werden.

»… Hier in der Seemannsschule herrscht ein ziemlich rauer Ton, der aber wohl notwendig sein wird bei einer Anzahl von etwa hundert Schülern.« Das schreibt er Anfang März aus Bremervörde an seine »Liebe Mama«. Zirkelkasten, Lineal, Zeichenmaterial wollte er haben und seine Notenhefte, denn er spielte ein wenig Gitarre, er verfasste kleine Gedichte.

Es gibt dieses Foto von ihm, an das sich sein Bruder später stets erinnerte, wohl auch, weil es im Wohnzimmer seiner Mutter auf einem Bord an der Wand stand: Ulrich, mit weißem

Hemd, Schlips, im Profil, sodass der Betrachter seinen angenehm geformten Kopf mit dem wilden Haarschopf vor Augen hatte, die Gitarre dekorativ im Arm, sehr ernst.

Der angehende Seemann schickte weiterhin eifrig seine Briefe an das Elternhaus. Er berichtete vom Drill in der Schule, von der Härte der Ausbildung, die er aber als notwendig akzeptiert und beendete seine Korrespondenz stets mit einem passenden »Ahoi!«. Seine Angehörigen erfuhren einiges über den Tagesablauf, vom Dienstantritt in der Frühe, vom Wecken um sechs Uhr, dem Frühstück um halb acht, vom Pullen, vom Unterricht: Sicherheitskunde, Schiffskunde, Tauwerkarbeit – ist dies denn alles vonnöten, später, auf einem durch Motor angetriebenen Stahlschiff?

Er ertrüge all dies mit Gelassenheit, im Gegensatz zu der Zeit vor drei Jahren, so schrieb er und gratulierte artig seiner Schwester zu deren 25. Geburtstag.

Anfang April wandte er sich erneut an seiner Mutter, fragte interessiert nach der anstehenden Abiturprüfung seines Bruders und fährt fort:

»…Ich müsste aber etwas mehr lernen und Schularbeiten machen, eine Erklärung (obwohl mir alles klar ist) von dir, weshalb es gut ist zu lernen, wäre nützlich für mich. Wenn es euch möglich ist, schickt mir Geld, so ca. 10,- DM, ich bin total ausgebrannt, über Samstag und Sonntag habe ich nie Geld. Tarnt aber das Geld, Briefe und Pakete werden hier geöffnet. Ich wollte es eigentlich vermeiden, dich um Geld zu bitten, aber es ist sehr jämmerlich, Samstags und Sonntags kein Geld zu haben. Schreibt mir bitte recht bald.« Er grüßt alle Familienmitglieder und beendet seinen Brief stilgerecht seemännisch mit dem obligatorischen »Ahoi!«

Hatte Ulrich während dieser Zeit irgendwann auch eine Freundin? Wir wissen es nicht. Von solchen Dingen, von zwischenmenschlichen Beziehungen erzählte, er nie. Wenn er von anderen schreibt, dann stets mit mildem Spott – war er wirklich nur der einsame Wolf? Er schreibt nur über Alltägliches, bedankt sich für Briefe und Päckchen, wünscht verbindlich seinem Bruder Erfolg beim Abitur. Hat es ihn getroffen, als dieser Erfolg eintrat? Er äußerte sich nicht hierüber – er schrieb von seiner anstehenden Prüfung, Mitte Mai, von dem baldigen Ende seiner Ausbildung in Bremervörde und bestellte stets Grüße an alle.

Immer wieder ließ er durchblicken, dass er sich weiterbilden will; seinen Aufzeichnungen, tagebuchähnlich, jedoch nicht regelmäßig niedergeschrieben, kann man entnehmen, dass er kein glücklicher Mensch war. Im Kopf diese vielen Pläne, die so schwer zu verwirklichen waren. Wann wurde diese Unzufriedenheit, gepaart mit dieser Willensschwäche, ihm ins Herz gesenkt?

In seinen Briefen äußerte er sich stets fröhlich spottend über die Umstände, die Mitkämpfer, die Ausbilder. In Wochenabständen trafen seine Briefe ein, nett zu lesen, sodass sein halbgebildeter, aber bildungsbewusster älterer Bruder, er legte gerade die Reifeprüfung ab, nicht umhin konnte, in seinem Tagebuch diese Briefe zu loben:

›… mein lieber Bruder Ulrich ist zumindest nicht unbegabt im Schreiben, im Briefe schreiben. Das möchte ich können.‹ War das ehrlich gemeint?

Über Ostern kam der angehende Matrose, der verlorene Sohn, nach Hause in sein Elternhaus. Abends geht er häufig fort, sein Bruder erinnert sich an ein langes Gespräch über die Mauer in Berlin; der Mauerbau hatte vor einem Jahr stattgefunden und Ulrich galt als DDR-erfahren. Man versteht sich, man ist auf einer Linie, der frischgebackene Abiturient und der angehende Leichtmatrose.

Eine Woche später schrieb er seinen letzten Brief an seine Mutter. Er entschuldigte sich dafür, dass er längere Zeit nichts von sich habe hören lassen, bedankte sich für einen Brief seines

Bruders und sehnte das Ende seiner Ausbildung herbei; Mitte Mai sollten die Prüfungen sein. »Ulrich K., Schülernummer 1450, hat die Seemannsschule H., in Bremervörde in der Zeit vom 5. März bis 30. Mai 1962 mit Erfolg besucht«, wird ihm am 30. Mai bescheinigt. Sein Zeugnis weist aus, dass seine Führung »sehr gut« war; sein Eifer wird mit »gut« bewertet, seine Leistungen mit »befriedigend«. Als dann auch noch aus dem polizeilichen Führungszeugnis hervorgeht, dass die dortigen Listen keine Strafen enthalten, wofür auch immer, stand Ulrichs Karriere als Seemann nichts mehr entgegen.

Seiner Mutter, er war damals noch nicht volljährig, wurde am 15. Januar mitgeteilt, dass ihr Sohn nach bestandener Abschlussprüfung als Schiffsjunge auf das Küstenmotorschiff »Schulau« vermittelt wurde.

Das Schiff, ein Kümo also, war klein, 43,6 Meter lang zwischen den Loten, 7,7 Meter breit, die Seitenhöhe beträgt weniger als 5 Meter und der Tiefgang ist keine 3 Meter; daran, dass seine Außenhaut, der Rumpf, noch genietet war, konnte der Fachmann erkennen, dass es bereits recht alt war.

Ulrich trat seinen Dienst als Decksjunge in der Hafenstadt Lübeck Mitte Juni an. Offensichtlich verzögerte sich die Abreise, denn er schrieb auf einer Karte, die er später erst in Schweden abschickte, dass er kurz vor seinem 20. Geburtstag noch einmal in seiner Heimatstadt war, seine Mutter nicht angetroffen hatte und stattdessen seinen Vater in dessen Wohnung besuchte.

Eine weitere Karte schickte der schreibfreudige Junge an seine Tante und dann noch aus Südschweden eine Kurznachricht an seine Mutter .

»Liebe Mutter«, begann er wie immer, man liest es mit Rührung, und mit »Herzliche Grüße aus Hälsingborg« endete er – und so endete auch der Postkarten – und Briefwechsel, für immer. Diese letzte Karte wird er wohl, so kann man es rekonstruieren, in dieser Hafenstadt aufgegeben haben, am Mittwoch, nachdem er irgendwo seinen Hunger gestillt hatte, im Hafen oder auf seinem Schiff.

Ach, warum gab es keinen Harpunier Quiquek, der auf unseren Seefahrer Ulrich Acht gegeben hätte; warum hat der Kleine gleich auf seiner ersten Reise so unwahrscheinliches Pech gehabt.

Kapitel III

Der Student im ersten Semester verließ die verwohnte, angegraute Villa, in der das mathematische Seminar der Universität der Stadt H. untergebracht war und strebte dem Stadtteil zu, in dem die Wohnung seiner Tante Frieda lag. Er hatte versprochen, sie zu besuchen. Die Sommernachmittagssonne schien, es war ein Freitag, Wochenende, und er dachte während seines halbstündigen Fußmarsches an die vergangene Doppelstunde der Mathematikvorlesung. Er hatte erneut Mühe gehabt, den Ausführungen des Dozenten zu folgen. Es waren Übungsaufgaben besprochen worden, in denen der Stoff der laufenden Vorlesung verarbeitet wurde. Diese Aufgaben, die sich so gänzlich von den bisher eingeübten unterschieden, bereiteten unserem Studenten große Mühe, er wusste gar nicht, was mit ihnen bezweckt werden sollte. Überhaupt gestaltete sich das Studium anders als von ihm erwartet.

Anfänglich hatte er mit großem Optimismus in der Vorlesung gesessen, mit leichter Arroganz, älter, erwachsener, hatte er das Treiben im Hörsaal vor Beginn beobachtet. Er hatte doch bisher in seinem Leben mehr geleistet als die meisten anderen Studenten, er hatte Abitur gemacht, extern, an einer fremden Schule, vor einem fremden Prüfungskollegium, hatte zur Vorbereitung neben einer Berufstätigkeit abends eine Schule besucht. Solche Studenten seien tüchtig und leistungsfähig, wurde gesagt.

Unser Student bemerkte früh, dass seine fachliche Vorbildung und seine Erfahrung beim mathematischen Argumentieren nicht ausreichten, kurz gesagt: Er konnte rechnen, aber mathematisch denken konnte er noch nicht. Er registrierte, dass Dinge, die selbstverständlich schienen, bewiesen wurden – andererseits konnte bisweilen mit der unbewiesenen Annahme argumentiert werden. Neben vielem anderen lernte er die für ihn gänzlich neue Technik des Induktionsbeweises kennen (heutzutage in der Schule fast eine Selbstverständlichkeit), bei dem für eine überschaubare kleine Zahl eine Aussage bewiesen wird, man für größere Zahlen deren Richtigkeit nur annimmt, um dann wiederum für den Nachfolger einer beliebigen, fiktiven Zahl einen Beweis durchzuführen. Das Formale, eigentlich zum Festhalten gedacht, die Begriffe Definition, Satz, Voraussetzung, Behauptung, all dies verwirrte ihn, er erlitt einen mathematischen Kulturschock.

Dieser bewirkte, dass er in den Vorlesungen anfing zu träumen. Er folgte nicht mehr, er beschränkte sich darauf, mechanisch von der Tafel abzuschreiben und darüber hinaus hatte er nicht die Kraft, das Notierte im Hause beständig zu überarbeiten. Dies alles überdachte Ulrichs Bruder während er ging und ihm war unbehaglich zu Mute. Wie sollte er Examen machen, wie sollte er die Scheine für das Lösen der Übungsaufgaben erwerben? Ulrichs Bruder fürchtete sich vor der Zukunft.

Seine Tante Frieda wohnte in einem Altersheim, Krögers Stift genannt, gegründet vom Senator Kröger im Jahre 1851 – in H. waren die Reichen und Mächtigen schon immer großmütig, spendabel und wohltätig gewesen, sagt man.

Sie hatte dort eine eigene Wohnung, die aus einem Wohnzimmer, einem Schlafzimmer und einer Küche bestand. Die Toilette befand sich außerhalb der Wohnung; die Bewohner zweier Stockwerke besaßen dafür einen Schlüssel, auch ein Handwaschbecken war angebracht. Das Altersheim umfasste mehrere zweistöckige Backsteinbauten, die um eine Grünanlage gruppiert waren, auch an eine kleine Kapelle war gedacht worden.

Der Bruder traf bei seiner Tante auch seine Mutter, wie verabredet. Diesmal wurde aber nicht wie gewohnt geplaudert – es herrschte helle Aufregung, denn die Mutter hatte einen Telefonanruf erhalten, aus Schweden, aus einem Krankenhaus der Hafenstadt Hälsingborg.

Die Nachricht: Ulrich, der Kleine, der Decksjunge eines Kümos von der Unterelbe, liege auf der Intensivstation des örtlichen Krankenhauses angeschlossen an einen Respirator, das sei ein Atemgerät – er ringe mit dem Tode.

Man glaubt es nicht; ein Missverständnis, eine Falschmeldung, ein Scherz? Offensichtlich nicht!

Einige Stunden später, mittlerweile war es Abend geworden, saß Ulrichs Bruder, der Student im ersten Semester, in einem Eisenbahnzug, der durch die Nacht unterwegs war nach Südschweden. Die Familie hatte beratschlagt und wir vermuten richtig: Ulrichs Bruder war auserkoren worden – als Student könne er am besten über seine Zeit verfügen – die Reise anzutreten; er sollte sich vor Ort von der Unwahrheit dieser unglaubwürdigen Mitteilung überzeugen oder aber mit jugendlichem Optimismus das Sterben seines Bruders verhindern.

Adrett gekleidet reiste er mit Eisenbahn und Schiff nach Norden. Die Nacht verstrich langsam, denn sie war wenig kurzweilig und es blieb folglich wenig haften von diesem Übergang ›Freitag auf Sonnabend‹:

Die Freude über das Abenteuer, über die kurzfristige Befreiung von Studiendruck hatte sich verflüchtigt und anderen Gedanken Platz gemacht. Angstvoll spähte er in die Nacht hinaus, die Furcht quälte ihn, die Sorge um den kleinen Ulrich, der, gerade erst zwanzig Jahre alt, allein in der Fremde, um sein Leben kämpfte. Würde jemand seine Hand halten? Am frühen Morgen erreichte er die schwedische Hafenstadt und dort begab er sich sofort in das städtische Krankenhaus. Eine bakterielle Lebensmittelvergiftung wie diese, der Fachmann spricht hierbei von Botulismus, verläuft folgendermaßen: Zunächst fühlt sich der Betroffene unwohl, Bauch – und Kopfschmerzen stellen sich ein, auch starke Übelkeit und Schwindelzustände.

Man beobachtet Überempfindlichkeit gegenüber hellem Licht, starre Pupillen. Der Patient sieht nur noch unscharf und, ähnlich den Störungen, hervorgerufen durch übermäßigen Alkoholgenuss, sieht er Gegenstände mehrfach. Der Mund des Vergifteten wird trocken, das Schlucken schmerzt, die Stimme wird heiser – nicht selten treten Atemstörungen auf. Der Patient fühlt sich bei erhöhtem Puls erbarmungswürdig krank. Wenn nun nicht sehr bald durch Erbrechen die Giftmenge im Körper verringert und durch die Injektion eines Antiserums der angerichtete Schaden bekämpft wird, so wird das zentrale Nervensystem durch die Absonderungen der Auslösebakterien, Klostridium botulinum, irreversibel geschädigt. Der Tod tritt dann innerhalb weniger Tage ein.

Sein Bruder sei vor drei Tagen mit dem Verdacht einer Lebensmittelvergiftung ins Krankenhaus eingeliefert worden. Die Erkrankung sei bereits weit fortgeschritten gewesen, der Patient habe sehr bald das Bewusstsein verloren. Man habe alles versucht. In der vergangenen Nacht sei er nach wiederholtem Herzstillstand verstorben … …

Die Erkrankung sei heimtückisch, nur jeder zweite Vergiftete werde gerettet. – Ob er seinen Bruder noch einmal sehen wollte? Man könne ihn, den Angereisten, bis er alles geregelt habe, kurzfristig im Krankenhaus unterbringen.

Ulrichs Bruder blieb im Krankenhaus. Am Nachmittag wurde er zum Verstorbenen geführt. Die beiden Geschwister waren allein im Raum; der Liegende mit einem Laken abgedeckt, angstvoll schauend der Stehende. Er sah die großen Füße, die unter dem Abdecktuch hervorragten und erspähte am Halsansatz – nach langer Zeit hatte er sich getraut, das Tuch zurückzuziehen – einen großen zusammengenähten Schnitt. Das Gesicht des Toten wirkte trotzig, jedoch nicht unzufrieden; sein Bruder wagte nicht, es mit den Lippen zu berühren.

In der Nacht lag Ulrichs Bruder in seinem großen Krankenhausbett und konnte nicht schlafen. Er ängstigte sich, überdachte das Geschehene. Das Ringen seines Bruders mit dem Tode beschäftigte ihn. Er malte sich die letzten Stunden des Sterbenden aus, die Momente vor der Bewusstlosigkeit, er dachte an den Zeitraum, in dem der Hinüberdämmernde noch denken konnte. Was waren ihm im Schlaf für Träume gekommen und danach, beim Übergang, im Todesschlaf, in dem es hell, licht, schön sein soll, wie man sagt?

Zwanzig Jahre, zwanzig Tage, nicht allzu lang, diese Lebenszeit; hatte jemand seine Hand gehalten?

Der Bruder, in seinem Bett liegend, erinnerte sich einer weit zurück liegenden Begebenheit:

Eine Jungamsel überquerte laufend, fliegend, vielleicht auch fliehend, eine Straße. Ein Lastwagen kam des Weges und überrollte das Tier mit seinen Zwillingsreifen. Aus einem lebendigen Vogel, langbeinig, rundlich, noch schwanzlos, wurde von einem Moment zum andern, während eines Wimpernschlages, eine tote Fleischoblate. Vorbestimmt?

Damals, als er dies Unglück zufällig beobachtete, hatte er sich dies gefragt.

Der nächste Tag, es war der zweiundzwanzigste des Monats, war ein Sonntag. Unser trauriger Student verbrachte ihn im Krankenhaus und dort trat das Mädchen in sein Leben. Sie war eine deutsche Lernschwester, etwa zwanzigjährig und offensichtlich dazu bestimmt, den Landsmann zu trösten. Sie schien sehr fromm zu sein, sie versuchte den Schicksalsschlag als Gottesfügung darzustellen. Dies gelang ihr in diesem Falle nur bedingt.

Nachmittags gingen beide in einen der typischen schwedischen Freizeitparks und die beiden jungen, etwas unreifen Menschen redeten über Lebensschicksale und deren unerklärliche Wendungen: Vorbestimmt, Gott hat sich etwas dabei gedacht, so die eine. Zufall, so hatte er geantwortet, Gott hält sich heraus aus solchen Nichtigkeiten.

Das Mädchen hätte den trauernden Bruder trösten können – auf ganz andere Weise. Der wunderte sich darüber, wie schnell der große Kummer verfliegt und Platz macht ganz anderen Dingen: Ein Mädchen stand vor ihm mit einer ärmellosen Bluse, die ausgefüllt war, die zu kurz war, um vom Rockbund überlappt und gehalten zu werden, die vielmehr den Rücken freilegte, wenn es sich vorbeugte und auch die Brust, eine große weiße Brust. Was hielt ihn zurück? Pietät, die frommen Gespräche zuvor? Oder waren es Hemmungen dem Quasi-gastgeber gegenüber? Wer weiß! Hatte das Mädchen anderes erwartet? Wer weiß!

Am darauffolgenden Montag regelte der Bruder das, was man die Hinterlassenschaft nennt. Er besprach in der Ver-tretung der Reederei, bei der sein Bruder beschäftigt war, die Überführung seines Leichnams in die Heimatstadt, er erhielt die Papiere des Verstorbenen und seine restliche Heuer. Bei den Arbeitspapieren befanden sich auch seine Lohnsteuerkarte und die »Heuerabrechnungen für den Decksjungen Ulrich K.«, für den Zeitraum 15.6. bis 30.6.62 von ihm noch unterschrieben, ohne seine Unterschrift für die Zeitspanne 1.7. bis 18.7.62. Aus den Papieren ging hervor, dass seine Nettoheuer für die letzten achtzehn Tage seines Lebens 65,90 DM betrug – ver-mutlich hat Ulrich an diesem 18. Juli, es war ein Mittwoch, das Krankenhaus aufgesucht, in dem er drei Tage später starb.

Auch der Arbeitgeber bestätigte mit seiner Unterschrift, Par-tenreederei M.S.«Schulau«, Besitzername, Adresse, dass alles ordnungsgemäß abgelaufen war und auf beiden Seiten keine weiteren Ansprüche vorlagen.

Der Bruder schrieb noch von Schweden aus einen langen Brief an seine Mutter in H. Er schilderte sein Gespräch mit dem deutsch sprechenden Oberarzt, der ihm erzählt hatte, wie hoffnungslos die Erkrankung von Ulrich gewesen sei, wie sel-ten sie vorkomme, wie bald schon er völlig gelähmt gewesen sei. Wie früh bereits Bewusstlosigkeit eingetreten sei, dass sein Herz, ein kräftiges junges Herz, mehrfach bis zum endgültigen Stillstand, stehen geblieben sei. Und, weiterhin, dass der Auslöser dieser Lebensmittelvergiftung nicht bekannt sei, denn die Besatzung des Schiffes zu mindestens habe alle Konserven über Bord geworfen.

Am Mittag des gleichen Tages reiste Ulrichs Bruder mit Schiff und Eisenbahn zurück in seinen Alltag.

Vermutlich war das Mädchen auf der Heimreise von einem verlängerten Wochenende in Skandinavien. Sie trafen sich im Zug, sie und der trauernde Bruder saßen sich in einem Abteil gegenüber. Das Verlangen unseres jungen, vom Leben angerührten Heimkehrers nach menschlicher Nähe war übergroß und so war seine Annäherung an das Mädchen vis-a-vis, es hatte dasselbe Reiseziel, zwangsläufig. Der ansonsten schüchterne Zauderer wurde, begünstigt durch die traurigen Umstände, zum skrupellosen Draufgänger. Wir beobachten den folgenden Ablauf: Er hatte seine Schuhe abgestreift, eher zufällig und seine Füße auf die gegenüberliegende Bank, ihren Sitzplatz, gelegt. Sie berührten ihren linken Oberschenkel, leichter Druck und Gegendruck war zu spüren. Beide Beteiligten merkten, dass der Andere nicht abgeneigt schien. Unser Zugreisender, den wir – gewissermaßen in demselben Bezugssystem mitreisend – beobachten, sodass unsere Uhren, unsere Maßstäbe – auch unsere moralischen Maßstäbe – Gleiches anzeigen, suchte die Wärme eines Menschen. Und vielleicht nicht nur die, wenn wir ehrlich sind.

Das Mädchen suchte – nun, wir wissen es wirklich nicht. Ulrichs Bruder, der Trauernde, machte sich darüber keine Gedanken.

Es geschah alles ohne Umschweife: Man unterhielt sich, man verließ gemeinsam das Abteil, man stand sich ganz nahe auf dem Gang gegenüber. Ohne große Leidenschaft ging man in dem halbleeren Zug gemeinsam auf die Toilette. Er griff dem Mädchen unter den Pullover und schob die beiden Hälften des Büstenhalters nach oben. Mit einer Hand spürte er die Größe und Weichheit ihrer Brust, mit der anderen öffnete er den Reißverschluss ihrer Hose.

War dies die menschliche Wärme, nach der sich Ulrichs Bruder gesehnt hatte?

Die große Erregung blieb aus. Er ertappte sich dabei, dass die entblößte Brust des Mädchens in seiner Vorstellung sich wandelte vom reizvollen Geschlechtsmerkmal zu einem Teil einer Milchkuh. Dummer Narr!

Man trennte sich sehr schnell. Man verließ ungesehen die Toilette. Man tauschte keine Wohnadressen aus, man hatte sich nur noch wenig zu sagen, ein Wiedersehen war nicht vorgesehen.

Der trauernde Bruder schämte sich; er sah den Verstorbenen vor sich, sein trotziges Gesicht, den langen, zusammengenähten Schnitt am Halsansatz – ›kannst du mir verzeihen?‹, dachte er.

An der nächsten Station, in Ostseenähe, der Zug hielt nur kurz, stieg unser Student aus, überraschend für das Mädchen und auch für sich selbst. Er wanderte, bekleidet mit dunklem Anzug, bei strahlendem Sonnenschein, vom Bahnhof, der weit außerhalb des Ortes lag, an wogenden Kornfeldern vorbei, in den kleinen Badeort hinein. Zurück in das reale Leben? Keineswegs! Denn wir sehen ihn deutlich – Bilder aus der Kindheit tauchen auf – er erinnert sich.

Die Kornfelder seiner bayrischen Jugend kommen ihm in den Sinn, die Schulwege entlang dieser Felder in das nächste Dorf, gemeinsam mit seinem kleinen Bruder, der jetzt kalt und reglos in einem schwedischen Krankenhaus liegt. Wir hören ihn deutlich, er deklamiert das, was er seinerzeit lernte:

»Die Alz ist unser Heimatfluss, sie entspringt in den Pinzgauer Alpen und heißt zunächst Ache …«

Ulrich wurde Ende Juli 1962 auf einem großen Friedhof der norddeutschen Großstadt H. beerdigt. Es war ein durchschnittlicher Sommertag. Nur wenige Menschen folgten seinem Sarg auf dem Wege zum Grab. Der Bruder weinte bitterlich.

Kapitel IV

Jahre später führte Ulrich mit seinem älteren Bruder das folgende Gespräch:

»Schon lange ist mein Grab mit dem schönen, braunroten Grabstein und der dezenten Inschrift eingeebnet; bald werde ich vergessen sein, das macht mich traurig.«

»Ja, mein Lieber, so wird es wahrscheinlich kommen, denn du hast zu wenige Spuren hinterlassen auf dieser Welt.«

»Wie sollte es auch anders sein«, antwortete er leicht empört, »in gerade mal zwanzig Jahren und zwanzig Tagen.«

»Wie dem auch sei«, fährt sein Bruder unbarmherzig fort, »nur wenige werden noch an dich denken, deine Familienmitglieder werden bald wegsterben, die andern Jüngeren, die dich kannten, werden dich vergessen.«

»Das ist ungerecht«, erwidert er, denn Ulrich war immer sehr für Gerechtigkeit.

»Damit musst du fertig werden. Ist es dir ein Trost, dass du dich in guter, zahlreicher Gesellschaft befindest? Beruhigt es dich, dass Unzählige wie du in jungen Jahren starben und sterben werden, ohne je, ebenso wie du, die Möglichkeit gehabt zu haben, die Welt zu verändern. All dieser Menschen wird man sich kaum erinnern, wer sollte auch.«

»Das tröstet mich kaum, ich möchte, dass es stets Menschen gibt, die, zumindest von Zeit zu Zeit, an mich denken.«

»Vergiss nicht«, so der Ältere, wiederum mit der Absicht zu trösten, »manche deiner Leidensgenossen starben gänzlich anonym, viele auch durch Gewalt – wann übrigens fängt Gewalt an, bist du durch Gewalt umgekommen? – und häufig noch nicht einmal mit dem etwas beruhigenden Wissen, dass Täter, anders als es heutzutage hin und wieder der Fall ist, zur Rechenschaft gezogen werden durch ein irdische Gericht.

Denn erst in jüngerer Zeit wurden, dies zu deiner Information, mehrfach Tyrannen von außerhalb gestürzt und vor Gericht gestellt. Trotzdem, immer noch gibt es viele Opfer, um die niemals jemand weint.«

»Es ist schrecklich«, antwortete Ulrich, »zu sterben und ausgelöscht zu sein, so, als ob wir nie existiert haben, körperlich und auch mit unseren Gedanken, die wir, die ich während dieser, meiner zwanzig Jahre gedacht habe. Man darf mich nicht vergessen, ich habe doch gelebt, du hast mich doch gekannt, ich habe doch auch einiges aufgeschrieben, habe Briefe und Postkarten verschickt. All das musst du nutzen, bitte! Ich möchte nicht ruck, zuck in der Vergangenheit verschwinden. Bitte hab‹ Mitleid, kümmere dich darum.«

So endete die Unterhaltung der Brüder vor vielen Jahren.

Gerold Kamsties, geboren 1938 in Hamburg, lebt in seiner Geburtsstadt, in der er mehr als dreißig Jahre als Lehrer tätig war.

Der Autor bedankt sich für die geduldige Unterstützung seiner Ehefrau Jutta. Ohne ihre kompetente Einhilfe wäre die Herstellung dieses Buches nicht gelungen.

Durch Kriegs-und Nachkriegswirren – Wohnortswechsel waren mehrfach die Folge – sind sowohl wichtige Schulzeit als auch nützlicher Schulstoff unwiederbringlich verloren gegangen.

Der Autor hofft auf Nachsicht bei der Bewertung der orthografischen und grammatischen Mängel, die sicher im Laufe der Jahre durch die zahlreichen Leser entdeckt werden.